长篇诗歌

Revelations
醒神

陈仓　作品

作家出版社

我们有一片雪花，
花费一生不要仅仅把它融化。

目 录

想删掉自己的名字
想改掉我的姓氏
姓什么随便
反正不能姓陈
如果让我姓陈
我无脸面对一长串的亲人
无脸面对那个栽树的老者
无脸面对那个词

如今的小悦悦
是一小截时光
是制成的标本
她拒绝长大
她不再腐烂
她停止苍老
还像蚯蚓一样弯曲
还像尘土一样飞散
还像纸一样轻薄
还像传说一样虚无
在天地间充当一只眼睛
惊恐地盯着
战栗的行者

其实

上天知道

她从没有离开

而是活了过来

提了一桶水

为我浇灌体内

那将枯的树木

正如这棵树上

结下一颗颗果实

我摘下了它

啃光了肉

一定要留下

最坚硬的部分

——仁

它的大意就是

一枚种子的核心

⊙ 义

我必须

重新温习

义父——

江湖上的干爹

恕我不敢一一相认

如今这么龌龊的关系

竟然十分盛行

义姓——

可惜已经绝迹

义伯写成《典宝》之后

我再没有遇到这个姓氏

义仓——

不再储存一颗粮食

前年大旱，颗粒无收

乡亲们眼巴巴地站在村口

等到第二年清明和谷雨

也没有等到一粒种子

义齿——

父亲满嘴都是塑料牙

他咬碎坚硬的东西

和一丝黑暗

就会摘掉

放在消毒液里

姐姐镶了两颗金牙

她喜欢咧着嘴

给姊妹们看

我为了显示年轻

种了一颗烤瓷牙

昼夜不停地戴着

生怕被人揭穿

义地——

已经埋不下一个穷人

我的岳父被葬在一块石板下

好多孤独的老人被葬在树上

一群孤儿

被葬在了墙上

有个邻居万般无奈

在半夜三更

把亲人的骨灰

悄悄埋在小区的花园里

当然，还有人留下遗嘱
把自己蔚蓝地撒向
无边无际的海面

我必须
重新谈谈
义气——
在我的母亲河里
发生过这样一幕
有人跪在河边说
求求你们
快点捞起来吧
有人把几具尸体
一半沉入水中
一半提出水面
然后伸出手说
除非你们
再拿些钱来
义举——
我在路边躺着
已经奄奄一息
你如果扶起我

把我揣在怀里

把我暖热

把我弄醒

别希望感化我

作为一条蛇，我照样

还会向你喷出毒液

我早就

备好绳索

备好洛阳铲

备好炸药甚至雷管

以及防毒面具

必不可少的

是碳十四——

一种能让死神

立即显形的物质

这些年，我用这些已经

挖遍了任何一个隐秘部位

其中包括

母亲陪嫁的梨木柜子里

奶奶最后一次说话的床头

爷爷反复雕刻的屋檐上
屠杀过一千头牛的树下
放牧过一百只羊的房后
以及埋过人的土地
我挖地三尺
但是仍没有找到
一枚传世的玉佩
一块古老的瓦砾

所有积累下来的时光
早被盗走，已被当掉
兑换成了一把把金子——
这是人间惟一附不上
纯粹灵魂的金属
如大家所看到的一样
我总在挥霍中长大
却从不在金子外边
试图镀上其他的颜色

先知的脚步开始弯曲
挂在墙上的牛头骨
开始弯曲

怒放的菊花的心肠
开始弯曲
照射而来的阳光
顺着一块块玻璃
开始弯曲
整个世界已经找不到
有谁赶路的姿势
成为一根直线
我能看到的
都是反光

我的亲人不得不
时时提醒我
天黑后关好窗子
出发前锁好门
在路上，请一定
照看好自己的盘缠、地图
和通关的文牒
任何一只从背后
胆敢靠近我的鸟儿
并不会在我跌倒的时候
递上一根羽毛，而是

随时准备啄食遗落的一丁点碎屑
更重要的是
呵护好自己
一不小心
我的心，我的肾
这些与爱情
与勃起
与风月
有关的器官
还没有衰老就已经丢失

处处都是栅栏
被漆得乌黑或者鲜红
喜欢把老鹰这些
善飞的
有象征意义的
大鸟，囚禁起来
也喜欢把自己
深埋在隐蔽的地方
让别人看不见摸不着的地方
然后一边养着濒临灭绝的花花草草
一边通过猫眼向外边偷窥

我不再相信
敲门的声音

每一片阳光里
都藏着两个小偷
当它的第三只手
伸进别人的口袋
我习惯了沉默
连一声断喝都没有的年代
别想听到任何嘹亮的歌声
在人间，我喜欢低头走路
哪怕捡不到一枚硬币
起码可以绕开
一堆狗屎

站在最后一片废墟上
我想简单地讨论义士——
我的剑，锈蚀斑斑
早就存进了博物馆
我的刀，早就卷刃
成了陪葬
关键是

我们的铁匠铺已经关门

铁——

很难再有回炉的那一天

⊙ 礼

应该由我肢体完成的
如今统统地交给了麻木

我把恨交给江河水
把爱交给红玫瑰
把戒尺换成钞票
把勋章换成金子
把化缘的钵换成饭碗
把飞翔的翅膀换成石头
我陈氏的香案上
那只有点年月的磬
已经被不肖的子孙
兑换成一条容易褪色的裙子

我不再穿袍子出行
爱人从不高盘发髻
儿子清晨不敬茶
晚上不请安

而且直呼大名
用食指指着我说
陈仓如何如何
朝爱人扬扬头说
范露露怎样怎样
恍惚间以为他是我的祖宗

而且我
从未给活着的人
磕过头，作过揖
即使在祭祀的时候
生怕弄脏了衣裳
也不再双膝触地

两军对垒前
不再抱拳
君子辞别时
不再拱手
刽子手行刑前
不再祈祷和饮酒
出嫁时不再喜欢轿子
花烛夜不需要掀起盖头

送亲人最后一程
不再披麻戴孝
出生时不再朝头顶
洒上三滴清水
即使遁入空门
也不必剃度
炼丹时
不再添加朱砂和雪花

在大街上
在车流中
在寺庙前
我花样百出——
有时候缺胳膊断腿
有时候无眼无珠
有时候心智不全
有时候还挟持着
一个嗷嗷待哺的幼儿
我把任何残缺和不幸
都安在自己身上
当成了一笔资本
乞讨，和春天一样

是蝶飞蜂舞的事儿

除了朝行人下跪

我再没有什么礼仪值得炫耀

⊙ 智

我头发越来越少
胡子越来越稀
我的脑门在发光
越来越接近神仙

我可以指挥植物
四季不停地
为我发芽拔节
春天长出西瓜
冬天长出草莓
等它们长大了
树干打成棺材
树叶熬制汤药
树根雕上我的画像
树上飞舞的虫子
也可以逮回来
放在笼子里
听它们为我尖叫

我可以指挥动物
不分雌雄地
为我生儿育女
把皮囊制成我过冬的靴子
把头发制成我写诗的毛笔
把骨肉烹饪成丰盛的晚宴
把牙齿制成一件件法器
有的安在剑把上
有的用来测试仇人
有没有下毒
那些血
能喝的就喝
喝不掉的
则一滴滴
涂在门槛上
为我避邪

没有沙场
我指挥马儿
去天上
没有自由
我指挥鱼儿

去墙上
无需捕食
我指挥老虎
卸掉了利爪
森林尽失
我指挥狼
向沙漠迁徙
我想起一位诗人的悲愤——
狼已经越来越少
荒野尽是人在嗥叫

我指挥一群猴子
一直悬挂在树上
捞水中月、镜中花
还指挥任何一堆垃圾
或者另一种形式的尸体
上升
再上升
成为一颗星辰
围着我旋转
再陨落
让相爱的人

对着它的光许愿

我甚至彻底摆脱大地

在星际之间悬浮着

使自己失去重量

并保持真空的状态

我甚至指挥某些神

指挥某些仙

指挥某些佛

指挥耶稣

去占领美丽的山头

和罪恶的心灵

我曾囚禁过一只蝴蝶

抛弃过一只小猫

拔掉过一只鸽子的羽毛

还偷走过邻居家

祠堂里的一只香炉

和寺庙里的灯笼

做过的这些事

似乎磕个头

投一枚硬币

就会一笔勾销

我可以把一块铁
变成不停回炉的
我的祖宗
我可以把几把塑料
变成无法消解的
我的子孙
我可以用一堆水泥
砌出一个人的地狱
和天堂
还有
和我下出残局的
既不是陈抟老祖
也不是九段高手
而是阿尔法——
阿尔法是我自己
制造出来的假想敌而已
还有
坐在我对面和我聊天的
也许是一把空椅子
向我示爱的
也许是被激活的
硅橡胶和树脂

如今我把色

真正变成了空

把空真正变成了色

当然，我也可以把自己

变得和这些材料一样

没有魂魄

总有一天

我的魂魄

只是在机器的轰鸣中

制造出来的一部分粉尘

⊙ 信

那个秤砣的分量

我不信它了

那把尺子的刻度

我不信它了

那把铜锁的监守

我不信它了

那面牛皮鼓的激烈

我不信它了

那归降的夫差

他举着的白旗子

我也不信它了

那一统天下的王

和他手中的玉玺

我也不信它了

那个被带到贝加尔湖畔的苏子卿

放牧了十九年的羊

我也不信它了

那个大唐和尚玄奘

历经九九八十一难

取回来的《涅槃经》

我也不信它了

刚刚做了个梦

梦见大火烧身

周公解说

必有横财

我也不信它了

所有的预兆都成了谎言

没有一次得到验证

乌鸦越来越多

喜鹊纷纷隐身

猫失去了仇恨

老鼠成了新宠

我以为必遭报应的那个人

躲过了天眼和雷劈

一边剔着牙一边咧着嘴

在天空泛白的时候仍然醒了过来

窗外那些花

不敢信它了

门前一根草
不敢信它了
空中飘下的大雁的羽毛
不敢信它了
我把玩的那块恐龙蛋化石
早就丧失复活的信心
似乎已经无欲无求
不敢信它了
阳光金黄而温暖
不敢信它了
一旦信了
它们只需要一束
就把我弄出好多的皱纹和伤感

拍拍自己的脑门
我满心疑虑
我还是我吗
我到底叫陈仓
还是叫陈元喜
我到底属猪呢
还是属牛
我生于酉时呢

还是戌时

我是木命

还是土命

我是路边土

还是城墙土

现在是否是壬申年最后一个夜晚

最后一页黄历是否应该永远撕掉

是否选择良辰吉日

搬家、婚嫁和动土

揣了一年的护身符

是否要悄悄销毁

我甚至捂着胸口问

擦肩而过的女人

悠然而见的南山

她是不是

一根钢筋

一块砖头

一抹水泥

每一滴河水我不敢信了

每一滴眼泪我不敢信了

每一点汗水我不敢信了

它们总是从上到下

从云到雾

从冰到霜

不知道来自哪里

又将流向何方

我的母亲我也不信了

她口口声声地说

仅仅串个门而已

但是她逝去之后

雪来过三十六次

又融化了三十六次

蝴蝶飞了三十六次

又落下了三十六次

若是一根小草的话

恐怕早就穿越成功

身上的每一颗露水

都是她返回的法术

但是她待在我的周围

至今竟然一声不吭

突然下雨的傍晚多么冰冷

一只小麻雀它也不信我了

我把伞朝着它倾斜了一下

它就怕了，叽叽喳喳地飞了

落在连它自己也不相信的

使劲摇晃的

树枝上

⊙ 忠

我被掏心之后
到底还是死了
死在微子国而已
我自知我的心
味道并不咋样
在前往柴市口的路上
你已经辨不清南北
你明白你的碧血
救不了已溃的王
还有小姐崔莺莺
自普救寺一别
她夜夜不关窗
不掌灯
不就寝
只求在黑暗处
安静地度过余生
还有那条京巴狗
它卧在一座坟前

据说已经三年了
是想把主人叫醒
还是等待一根骨头

这些陈年旧事
还是统统忘了吧
其实，还有谁
能把那一抹红
流在干净的丝绢上
把那撕裂的疼痛
当成一种幸福和纪念
还有谁能把大红灯笼
掌到天亮的时候
把那一丝温暖
留给隔年的雪花
还有谁能把远方
圈在祖国的土地上
还有谁策马扬鞭
在天尽头勒住缰绳
由此回过头来
朝着秦砖汉瓦长鸣
当故乡变成废墟

还有谁肯把最后一块瓦当
揣入怀中
在里边安置家小

世间已无三仁祠
不见《出师表》
更别提《正气歌》
和《衣带诏》
那些凄美的人儿
如今有的做了蝴蝶
有的做了孔雀
有的化为青烟一缕
华发与耄耋已经没有区别
诤臣和处子即将从人间消失
连一块羞涩的化石
都不会留下
我不断地赶路
才有了双手
不停地幻想
才丢掉了翅膀
我是一支笛子
却没有一层薄膜

吹不出完整的曲子
我是一间洞房却没有窗户
两支花烛却没有点出火光
我是一座千年的寺庙
却没有香火

其实我的节操
是第二百零七根
最坚硬的骨头
最闪亮的骨头
如今在迅速变瘦迅速变软
越来越接近一条狗的尾巴

⊙ 孝

母亲患病八年
我未曾拾柴
为她熬过一次汤药
未曾将汤药端至榻前
先尝一口
母亲需要鹿乳为引
我未曾披着鹿皮
混入群兽之中
母亲临终一刻
想吃麻花
父亲提着壶
去十里外赊油
姐姐端着瓦盆
挨家挨户借面
而我，则贪心地
站在床边吮着手指
以至于母亲在弥留之际
把最后一顿晚餐

给我留了下来
我没有卖身为奴
换一身老衣
兑一只玉枕
更没有把她
葬得向阳一点
让她更容易
以一根草的形式
从地下再爬起来

父亲属虎
已近八旬
无齿，耳聋，眼花
须发全白，心肺失调
双腿早迈不开步子
但是他仍然独自守着
舍不下那只羊和那块麦地
舍不下那群喜鹊
和几片白云
他仍然采蘑菇换盐
挖柴胡与苍术积攒盘缠
他仍然要割草砍柴

给自己熬汤煮肉烙大饼
一半供自己充饥
一半放在香案上
来敬母亲和先人

我的哥哥为了香火
早就死在恋爱的路上
我的姐姐仅仅为了
三尺宽的天空
已经远嫁他方
我的女儿一落地
就被私奔的人带走
既未留下口信
也未传回锦书
在这个苦难的世上
不会有人喊她姐妹
不会有人喊她阿姨
她只能成为妈妈
成为奶奶或者外婆
她一定也在怀疑
自己有没有爸爸
有没有爷爷

有没有祖先
有没有血液
她一定也在怀疑
自己的倔强和隐忍
到底是不是遗传了
随意捡来的一块石头
一个个亲密的词从人间
就这样一个个失踪

在热衷赶路的年代
我以离开为荣
西出长安撞钟
北上沈阳赏雪
南下广州淘金
东进江南成婚
终于在大海之滨
把石头劈成沙
把五谷磨成粉
把畜生捣成肉
把任何一根草焙成药
把彻底颠倒过来的
才能当成亲人

而惟独抛下父亲
让他一个人
原封不动地
完整地
影子全无地
坐在儿女临盆的炕沿上
坐在母亲消失的房子里
坐在挂着艾草的门楣下
坐在屋顶上和天际边
坐在月亮升起的地方
坐在神仙显灵的位置
一边抽烟
一边茫然地抬头

让他看空一棵梨树
让他看空一口水井
让他看空一座院落
让他看空一个村庄
让他看空一条小路
让他看空庚家河
让他看空少习山
让他看空关帝庙

让他看空一百株杜鹃
让他看空一千亩雾霭
让他看空一万顷良田
让他看空一块块墓地
和十万具尸体
让他看空万家灯火
和十亿人的心脏
让他看空唐宋
看空明清
看空昨日和明朝
还要让他
看空自己的头发
看空自己的手足
看空自己的肉体
看空自己的骨头
看空自己的灵魂
看空自己的梦幻
而且还不能装作
并不存在的样子
处于天地之间
这是多么悲壮
和凄凉

让他看空一切

才能

看到我

当一只蚕

已经作茧自缚

却不能让它化为飞蛾

前去扑火

却不能用它吐出的丝

织成一块丝绢

当一个人

成了殉葬者

还要让他继续孤苦伶仃

这是多么残忍

在远方

隔着万水千山

我只能善待每一个陌生人

或者每一根通灵的杂草

⊙ 忍

忍住几千度高温
一把黄土从此化成陶
从此融入水
盛装水
发酵水
破坏水
忍过冬天
一棵桃树就到了出嫁的时候
为我生儿育女的时候
也是撕心裂肺的时候
如今，大家都在忍
猎人把枪埋在心里
骑士把马拴在阴影里
富翁把金子藏在无人区
乞丐把耻辱摆在马路上
我，把自己
放在刀尖上

老虎把牙齿吞进了肚子
狐狸主动割掉自己的尾巴
狼则主动脱下了自己的皮
老鹰也忍住了，不再继续
朝着喜马拉雅之巅飞去
尽量不再超过雪花和神祇
最后，不再化为一道光羽

一根草忍住了
草原就不见了
英雄的驰骋就不见了
一棵树忍住了
森林就不见了
公主梦中的王子就不见了
那只金丝雀等打开笼子的那一刻
它已经忘记了飞翔
我写完《怨郎诗》
再写《诀别书》
好不容易等到了负心的长卿
但是已经过惯了孤灯清影的日子
那千年的囚徒拿到了赦免的令箭
但是他放弃了余生

而选择用枷锁
装饰自己的手腕

大家都在忍啊忍
我把一把剑
扔在了博物馆
宁愿在生锈中度过
也不愿见到刺眼的光芒
我把一片干净的雪花
存在了珠穆朗玛峰
宁愿永不消融
也不愿握在手心
大家都在忍啊忍
我把一堆火
忍成了铁
我把铁
忍成了石头
我把石头忍成了风
我把立春
忍成了谷雨
我把小满
忍成了白露

我把霜降
忍受成了大雪
我把大雪
忍成了水
把水忍成了云
我把每一片云
忍成了一个天堂

母亲留下最后一口气
撒了一个弥天大谎
她看了看嗷嗷待哺的我
竟然推开最后一顿晚餐
违心地说
“给孩子们吃吧
我一点都不饿”
把她小小的愿望
忍成了天大的内疚
姐姐揣着几块钱
在药铺门前
徘徊了半天
终究还是走开了
把小小的咳嗽

忍成了肺炎

父亲提着一把斧头

对着一棵松树咬了咬牙

终究还是没舍得下手

把一根椽子

忍成了棺材

皱纹是我忍的结果

伤疤是我忍的结果

白发是我忍的结果

耳聋是我忍的结果

脱齿是我忍的结果

皲裂是我忍的结果

在夏天忍住打雷闪电

就是忍住暴雨与狂风

在春天忍住蝶飞蜂舞

就是忍住花朵与绿叶

其实每一滴血

都来自天上

要经过屋檐

才能流到地上

秦时忍一忍
就没有明月了
汉时忍一忍
就没有雄关了
青蛙在开水中
忍住不吱一声
麻雀在烈火上
忍住不动一下
我已经厌倦了抗争
宁愿彻夜不眠
也不愿意做梦

在生的时候
有人必须忍住哭
在死的时候
有人必须忍住笑
其实在忍的前后
有两个更加美丽的词
前边是“容”
后边是“让”
就像一次出游
前边有结发爱人引路

后边是嫡系子孙随行

人间是一个不断膨胀的气球

用父亲身上的一根荆棘

或者母亲手中的一根针

轻轻一扎

九灾十八难

就从针眼中穿了过去

⊙ 恩

你们都是陌生人
陌生地存在着
我用所剩不多的岁月
只说两个字
——感恩

三岁时
赵妈舍我一口奶水
至今还混合在血中

五岁时
钱婶发我一毛钱
那年春节的狂欢
还没有结束

七岁时
孙伯把我从水底捞起
不然我恐怕还是一条鱼

永远浮不出水面

九岁时
我没有捧稳母亲的骨灰
李叔赶紧上来抹去了我
人头一样大的泪水

十一岁时
周姨最后的晚餐吃了一半
看我一直吞咽着口水
她把碗递给我说
你应该饿坏了
不嫌弃是剩下的
你就吃吧

十二岁时
哥哥在风中推了一下我
他自己离开了，把我
推到了死亡之外
沿路相送
人们唉声叹气地冲我说
这么小个孩子

为何要出门淘金

有人送一个苹果给我
有人送一只鸡蛋给我
甚至有人送一棵树苗给我
至今它还茂盛地
长在哥哥的坟头

十三岁时
半夜大雨
在泥泞的路上
我遇到一盏马灯
那小小的光亮
向我靠近的时候
我以为是磷火

光向左摇
他就向左倾斜
光向右摇
他就向右倾斜
他一直把我护送到了终点然后消失
我总觉得他已经站在所有的电杆之上

十四岁时

我坚定地说

我要念书

相依为命的

害怕孤独的

我的父亲

他一声不吭

扔下五块钱，然后就

踉踉跄跄地出门挑水

那天大雨倾盆，我们家的水缸

溢满了一地

我淋着大雨翻过两座大山

浑身湿透地穿过一排排房子

穿过一扇扇格子窗和读书声

委屈地推开了校长室的门

已经是迟到的十月，秋天的尾声

我站在一位叫杨红梅的女人面前

坚定地说

我想继续念书

说完，我泪流满面

杨红梅也一声不吭
只顾着泪流满面

我的书本费无端地被免掉了
我的煤油灯像阿拉丁的神灯
总有点不干的煤油和明亮的火苗
我的桌斗里
时常会冒出几个馒头和一支水笔

我以为我的周边
会有下凡的仙女
直到第二年夏天
她扑打掉我衣襟上的灰尘
对我说，你长大了
以后要照顾好自己
我才明白
仙女所在的位置
离我十万八千里
她其实，只是我
隐姓埋名的母亲

十六岁时

我穿越一座大雪封住的荒山
向一户前不着村后不着店的人家投宿
他们为我生了炉火
煮掉了仅剩的面条

多年之后
我路过此处
询问当年
他们个个都说
大雪年年都下
但是不记得有这么一个夜晚

多年之后
我衣锦还乡
带着红糖、香烟
和五十五度的烧酒
专程登门拜访
想再睡一次土炕
但是那户人家不见了
也迟迟没有下雪
只有齐腰的蒿草
衰败如

一个凄凉的传说

十九岁时
我想推开窗子
如果悠然不见南山
起码可以采菊东篱下
吴三便慷慨地提供一间房子
坐北朝南

二十二岁时
我青春年少
想写诗来歌颂青春
郑四便赠我一叠雪白雪白的稿纸、一条手绢
和一堆拐弯的词语

二十五岁时
我想看海
体验一下波涛汹涌
王五便提供了一笔盘缠、一张地图
和一片澄蓝的好梦

二十八岁时

我想去长安
看是否可以遇到李白
冯六为我修好了两封引荐的信笺
还温好一壶白酒和长袖善舞的美人

三十一岁时
长安城生乱
不宜久留
陈七掏出一把钥匙
轻轻地拧开她的闺房
收留了一败涂地的逃兵
和我藏着的野心

四十不惑时
在个人的内心里
我要称王
诸八为我招来一帮兄弟
还有一把剑、一面旗
归还了一颗仁爱之心

这么多年
你们都是陌生的

并且陌生地存在着

还是让我跪下吧

朝着与神同在的恩人

第二味

醒神

⊙ 发

经过夜晚的折磨
天空长出阳光
我长出头发

我总在醒来时
发现头发迅速冒了出来
比花儿开得还快
大地一年返青一次
成为另一个世界
发给我的信号
而头发
每天就长一次
像医院下达的
病危通知
像飞马来报的
边关告急

无边的夜色

是否都被藏到须发里来了
不然它们为什么都是黑的
而且同样疯狂
来不及藏的夜色
被阳光一逼供
变成了影子
再微小的生命
再卑微的心
都有影子
人活着
头发才活着
人去了
影子继续跟着
它无法舍弃的
和曾经热爱的

影子不是头发
头发不是影子
总感觉影子
也是根

刀子是河流

河流也是刀子
我从不间断地
拿出一把刀子
或者一条河流
清理我的头发
像割草的人
清理花园
生怕任何一根杂草
将我引向衰败
和地狱

随着头发越来越少
我一步步回到从前
回到唐末
回到宋初
回到长安
回到汴京
发现自己仍是一介白面书生
喜欢一边饮酒
一边写诗
而亲爱的人
则是那朵粉红的桃花

在旁边不动声色地开放
不动声色地凋零
她不停地从地上
为我拾起一根头发
那就是拾起了一条小命
和一小块时光的尸体

头发没了
夜晚一直还有
所以白天还会长出阳光
把我一步步
带到某国
带到某市
带到某镇某村
带到某条巷子
带到某个致命的陷阱里
带到某一年
带到某一天
带到某一刻
然后戛然而止

当一切

有的开始发光
有的开始反射
惟有我的头发
在默默地销毁着
这个黑暗的世界
或者是世界的黑暗
所以我的头发
从黑色开始
慢慢地变白
从白开始
变得更白

白是最精确的预言
白是三界通用的色调

当我穿越无数夜晚
即将抵达长明的天堂
请谁来帮我剃度吧
每一根剃掉的头发
都会在我涉足的地方
长成一株小草

⊙ 嘴

神施予我一张嘴巴

小巧

轻薄

贪婪

还配给我难以清数的伶牙俐齿

以及许多秘密与不可泄漏的天机

我首先用它

吸食母乳

吞咽草根

咀嚼树皮

粉碎石头

分辨酸甜苦辣

把盐分给骨头

把油放进皮肉

把风声与磨难

放进飞翔的翅膀

我从父亲那里学会了

在三月播种

在四月施肥

在五月锄禾

在六月杀虫

在七月收割

在八月防霉

可是我把多数粮食

用来设宴与消化

留下极少数

作为种子

还用谷壳

诱惑贪婪的麻雀

用秸秆

编织草帽和假人

我从舅舅那里学会了

在人间狩猎的过程

明白鱼最喜欢

在什么石头下安家

清楚蛇最致命的

是在它隐身之前

迅速掐住它的七寸

在麋鹿必经之地

用铁丝下套

把它吊上半空

我精通把兔子赶往我们的包围圈

直接端起枪

对着草丛

砰……

它的脑袋就开花了

然后挑在枪尖上

像扛在背后的一面旗帜

我要把它们一个个

放在自己的舌尖

来评论

我从朋友那里迷上了

玩弄那些卑微的东西

环节动物蚯蚓

我用它作饵

节肢动物蜘蛛

我让它结网

哺乳类猫

我教它捕鼠

爬行类壁虎
我要它消灭蚊子
无脊椎蛐蛐
我把它们捉回来放在陶罐里
让它们一边唱歌
一边相互厮杀
把彼此的肢体
作为最后的盛宴
我要把所有的小生命
都放在自己的手掌心
来审判

其中
我要面带微笑
要用长袍马褂洋装洋服伪装
要用森林河流雪山草地掩护
要燃起篝火
要配上烈酒
要敲响锣鼓跳舞和狂欢

最后，在我身上
无论何时何地让人

找不到野兽的皮毛

找不到玩物的痕迹

找不到一条完整的鱼

与飞完全程的小鸟

但是我

已经发福

声名远播

光宗耀祖

慢慢地学会厌食

学会浪费与抛弃

神赐予我的

这个器官

这个漏洞

这个入口

我不知道还有

其他什么暗示

在抱病时

我学会了咳嗽

在飞尘眯眼时

我学会了抱怨

在孔雀开屏时

我学会了赞美
在金子出炉时
我学会了隐瞒
在稀薄的空气中
我学会用它喘息
在初恋的时候
我学会用它亲吻和发誓
在魔鬼降临时
我学会了磨牙和尖叫
利用生命最后一天
我留下最大的谎言
继续左右剧情的发展

我舌头挥舞
唾沫乱飞
一颗门牙
代表二百零六根骨头
在大难临头时已经逃离
像趁乱逃跑的皇帝
弃万民于不顾
我尝遍海味山珍
宣读一百遍誓言

念过一千遍咒语

并念过——

舍利子，是诸法空相，

不生不灭，不垢不净，

不增不减，

是故空中无色，

无受想行识，无眼耳鼻舌身意，

无色声香味触法，无眼界，

乃至无意识界。

并念过——

起初神创造天地。

地是空虚混沌，渊面黑暗。

神的灵运行在水面上。

神说，要有光，

就有了光。

神看光是好的，

就把光暗分开了。

并念过——

道可道也，非恒道也。

名可名也，非恒名也。

无名，天地之始也；

有名，万物之母也。

我分头向菩萨、上帝和圣贤

许过愿

向多位少女和老人

表白过忠孝的心迹

对前生、今生与来世

都抱有幻想

而且正在逼近

我自己的同类

只有尝过人肉的味道

我也许才会罢休

这个伤口

与生俱来

从未结痂

从未流血

从未如此疯狂

也从未如此疲倦

回到几亿年之前

清点人类的遗址
才发现我的祖先
其实没有一个词语
他们要么嚎叫
要么沉默
原来，这几亿年
我惟一学会的就是
不停地喧哗和宣誓
事先还要用桃花或梨花的汁液
涂抹一下自己的嘴唇
和指甲

还是把自己打扮成
身怀六甲的人吧
不要抱怨灰尘太多
不要谩骂正义的敌人
不要灭绝最亲密的伙伴
因为我的腹中还竖着
另一双倾听的耳朵

⊙ 手

这双贫穷的手
似乎不是我的
在饥肠辘辘的黄昏
我不止一次把小饭馆的馒头
从阴影中带走
在阳光稀薄的下午
我把一本《再别康桥》
和夹在中间的西天的云彩
悄悄地揣进了怀里
在无数个阴冷的早晨
我越过边界
砍伐别人家的森林
给自己生火、照明

这双分裂的手
似乎没有长在心上
我曾在春天里
扶起一棵玉米

又掐死一只虫子
我曾在南瓜架下
一边放飞蝴蝶
一边摘掉花朵
我曾在马路中央
投过去一枚硬币
剥下了所有的外衣

我这双倔强的手
似乎在暗暗地较劲
那年切药的时候
一刀子下去
切掉了半根指头
那年打铁的时候
一锤子下去
砸断了自己的手掌
这些年，每有不顺
总约在一个僻静处
和人进行决斗
可是几拳下去
全部擂在墙壁上

我的喜忧参半的手

伸到一朵花蕊的私处

没有捧稳母亲的骨灰

抹黑过祖先的半张面孔

融化了一个少女珍藏在骨头里的雪花

这多像一条蛇

还在四处游动

还伸着信子

喷射着厄运的毒液

我的左手或者右手

生命线早就被切断

爱情线已经模糊不清

事业线显得软弱无力

那代表福气的罗圈纹

遭到了破坏

在契约上所按的手印

统统被宣布无效

这双缺少半根指头的手

布满了茧子和伤疤

我细数了一下

左手十个

右手八个

这是活着的墓碑

这是高贵的印记

却无法与血脉一起

向下遗传

每天清早

我热衷于在晨曦中

和万物一起漱洗

用水浸泡

用泪漂染

用汗漂白

再用莲花消毒

用子孙连续烘烤

我要凭着回忆

找回母亲的嫁衣

凭着伤感

为哥哥修复爱情

要用皂角

要用艾草

要用无患子的苦涩和曲线

来修改我的命运

我的手十指相连

疼痛通往心脏

这世上最可悲的工具

它什么时候才能返回

一股风的轻

一片云的淡

一滴露珠的透明

最后，返回母亲的腹部

恢复双手抱头的姿势

我开始相信

每一双干净的手

在人间摸过的每一样东西

都有菩萨与诸神显灵的痕迹

⊙ 脚

任何一个自由落体
都可以要了我的命
一片小小的水塘
轻易就能把我淹没
我参与过一场游戏
八天不睡觉
就会精神失常
我做过一个实验
五分钟不呼吸
就会魂归西天
我对抗过厄运
六天粒米未进
几乎撒手人寰

心脏的跳动
每天不过十万次
星星的蓝光还闪耀在
遥不可及的头顶

但是我时时刻刻都在加速
企图比光走得更远
甚至希望让光停滞
让光倒退
前天坐着飞毯
昨天换了马车
今天已经在地下行走
明天，即使原地不动
就可以在虚拟和幻想中
抵达任何一个想去的地方
包括快感与伤痛
都可以尽享
人世间所有丢掉翅膀的东西
如今都在飞——
玳瑁在飞
石爬子鱼在飞
象牙在飞
羚羊角在飞
鳄鱼头骨在飞
珊瑚石在飞
植物的僵尸可以飞
蚊子可以像老鹰一样飞

我飞着去浪费粮食
我飞着去聆听喧哗
我飞着去控制傀儡
我飞着去充当俘虏
我飞着去欣赏壁画
我飞着去面见菩萨
我飞着去流浪
也飞着回故乡
舅舅去世时
我舍不得飞
叔叔去世时
我懒得飞
姨娘去世时
我忘记了飞
还有一位至亲之人
为了送她最后一程
我连飞，也来不及
只赶上看了一眼
那飞扬的纸钱

鸟，成为人类
最没落的英雄

我也许想把路
每一段都铺上金子
也许想在石头上
雕刻我陈氏的名字
也许为了玩一个
哪怕是填空的游戏
总之，我脚步匆匆
我神情恍惚
在没有天堂的时候
已学会离开大地
忽视生命的重量

而星光太冷
而月光太软
而阳光太快
快过每一位母亲的针
快过每一位父亲的铁锤
快过任何一种灿烂的颜色
快过任何和尚念过的经文
生命是一条逆流的河
我就是一条鱼
别相信不断地追逐

能比一滴水更早地进入海洋
能比闪电更快地温暖身子
请查一下每条河的底细
它们的源头都是
荒漠、高山和白云
但是我从未去过
它们的终点都是
江河、湖海和烈火
但是我从未抵达

还是慢一点吧
脚步慢一点
路就慢一点
树就慢一点
风就慢一点
云就慢一点
雪就慢一点
尘土就慢一点
慢一点的路更远
慢一点的树更绿
慢一点的风更像春天
慢一点的云更加湛蓝

我的脚步有时候
它不在路上
不在身上
不在人间
有时候
它在空中
它在心里
它在前世和来生
在开放的花蕊里
在燃烧的火焰中

以走路为生的人
还是慢一点吧
脚步慢一点
阳光就慢一点
心跳就慢一点
皱纹就慢一点
波涛就慢一点
落叶就慢一点
归鸿就慢一点
婴儿就慢一点
老人就慢一点

刀子慢一点

嘶鸣就慢一点

贪婪就慢一点

尘土慢一点

沙子就慢一点

病痛就慢一点

炊烟慢一点

故乡就慢一点

乡愁就慢一点

祖国慢一点

泪水就慢一点

仇恨就慢一点

天上一日

人间一年

这便是神灵

慢下来的结果

让一切时光

都随着我慢一点

慢成一条银河

慢成红色山坡

慢成蓝色的湖泊

让蚂蚁也有时间
慢成一尊雕塑
让一片落叶也有心情
慢成一件信物

哪怕前边全是风景
我的脚都要慢一点
慢一点
粗鲁就是优雅
慢一点
迈步就像跳舞
慢一点
抽搐就成了乐符
生命不是为了赶路
不是从明处
赶到暗处
不是从这头
赶到那头
不是从地上
赶到地下
死神不是弹弓上的橡皮筋
而是一根晾衣绳

系在两棵树之间
它不会前进
也不会后退
它不会被拉长
也不会被缩短

它总在一个角落
固定地等着我们
万一遇到了它
就把身体抽走
把衣服留下来
把衣服挂上去
千万千万不要怕
如果被定性为迟到
那就证明你还活着

在一列奔驰的火车上
我看到一只羊退回去了
一座白房子退回去了
当然还有一座坟墓
和不散的阴魂
也退回去了

我坐在天使的对面

茫然地问她

这是向前

还是向后

这是近了

还是远了

这是快了

还是慢了

她回答我

无论正面相迎

还是背道而驰

风，都在

朝一个方向吹

⊙ 耳

人间是一颗巨大的
不停旋转的
空壳的
尘埃
如一面戏子的鼓
如一只僧人的木鱼
谁都想上前敲一敲
借此发出声音

当我还是一只鬼魅
四处游离的时候
我就已经听到了
月光洒下的声音
推门而入的声音
烛影摇红的声音
宽衣解带的声音
奉子成婚的声音
我必须循着声音

去投胎

在我临盆的时候
我就听到了自己
如一滴血水般
嘀嘀嗒嗒
如一丝残阳般
撕心裂肺
如雨打芭蕉时
断断续续
我必须忍住疼痛
去祈祷

在我处于懵懵懂懂的时候
就可以清楚地听到一片庄稼
在五月扬花的声音
在六月金黄的声音
在七月归仓的声音
在八月发霉的声音
在九月被粉碎的声音
在十月被消化的声音
就可以清晰地听到三只羊羔

在跪乳的声音

在剪毛的声音

在交配的声音

在妊娠的声音

在产子的声音

在成群弥漫的声音

我必须抓住机会

去下种和繁衍

当我离乡别土的时候

就听到了五只乌鸦

分头站在房顶上

一齐鸣叫

一齐逃跑

一齐变黑

一齐由黑变成不祥的预言

我必须，给灵魂寻找一个

美好一点的地方

去附体

其实我什么也不想听到

包括太阳日复一日地破碎

再复原

包括月光一批批地倒掉

再回收

偶尔有几声蛙鸣与虫吟

那是我独自一人的错觉

我漫长的前世充满了沉默

刚刚起步的今生

希望寂静无声

希望耳根，堆着雪

从我的一只脚

落在干净的雪地上

耳朵就像春天

开始消融

开始横流

开始蚊虫滋生

偷偷地向四处蠕动

我听到了谁

指使一只狗的声音

我听到了谁

吞咽一条蛇的声音

我听到了谁

敲打一面墙的声音

我听到了谁

唾骂一盏灯的声音

我听到了谁

折断一朵花的声音

我听到了谁

出卖一根草的声音

我听到了谁

放出猎犬的声音

甚至我听到了谁

回光返照的声音

听到了谁墓碑腐烂

和骨头生锈的声音

甚至，我听到了谁

依然站在废墟上

高高举起了拳头

最让我恐惧不安的

不是我的影子

在天堂吵闹

在地狱抗议

而是我的肉体

在人间时时刻刻
发出分裂的声音
自己与自己斶架的声音
自己与自己交配的声音
自己偷盗自己的声音
自己欺骗自己的声音
赴会时步步紧逼的声音
统统都那么响亮和刺耳

哪怕孤独一人
也能听到几代人
站在我的肩头
如一只只蚕昼夜不停地
撕咬最后一片桑叶
我企图塞住耳朵
企图砌起四面高墙
企图掐掉一朵紧贴大地的喇叭花
像置自己于深邃的梦里
或者投身于森严的监狱
但是任何一个小小的动作
比如化妆
比如更衣

比如出门

比如接头

比如讨价还价

比如打卦与占卜

比如结义与绝交

比如修补和苍老

都会弄出各种腔调

穿过我并不隔音的灵魂

人类制造的声音

不会彻底消失

母亲临终的时候说

如果世界无法安静

请试着用赞美清洗

今夜

我开始歌唱

赞美上帝也赞美小草

这一刻，万物沉默

如我孪生的哑巴兄弟

坐在屋顶上

悄悄地摊开一地的月光

⊙ 鼻

掌握摸骨术的
双目失明的瞎子
他摸摸我的鼻子
然后盲目地对我说
我注定会大富大贵
带着罗盘而来的
精通奇门遁甲的风水先生
他察看了一下我亲人的坟墓
然后神秘地对我说
我肯定会荣耀一方

我的鼻子与坟墓一起
被赋予了命运的象征

我不知道我的命运
和继承而来的鼻子
以及掩埋先人的坟墓
到底有什么牵连

我这根世袭的杂草
很像我采过的柴胡
所有的荣光和梦想
都是为了离开土地
变成一味性平味苦的药
去治疗人类偶感的风寒
随着我的根被拔出
叶子被一片片摘除
再也嗅不出泥土的气息
这条命啊
被切碎
被焙干
被碾成了平淡无奇的粉末

这个时代
流行易容术
我的鼻毛被拔去
我的鼻孔被扩大
我的鼻梁被垫高
反正无论是——
鲫鱼鼻，剑锋鼻
偏凹鼻，孤峰鼻

露脊鼻，露灶鼻
猩猩鼻，猿鼻，鹿鼻
统统都是缺财不义之鼻
一定要反反复复地隆成
龙鼻，虎鼻，狮子鼻
羊鼻，牛鼻，猪胆鼻
猴鼻，狗鼻，鹰钩鼻
伏犀鼻，截筒鼻，大蒜鼻
这些全是富有安康之鼻

这个时代
也流行盛待亡灵
我把亲人的坟墓
从此处迁到彼处
由朝东转向朝南
既考虑内青龙
又考虑外白虎
既想到入首
又想到龙脑
既考虑眉砂
又考虑明堂
天门要开

地户要闭
后要有靠山可依
主山来龙要深
左右要有环护
高低要有呼应
这样才能藏风养气
前要有清水相绕
水不宜急
亦不宜枯
这样才能生财存福

而且在春天
在清明，在冬至
我总以怀念之名
培上厚厚的黄土
种植葱茏的植物
插上纸吊和经幡

我凸起的鼻子
是身体的坟墓
被迁移的坟墓
是大地的鼻子

我的母亲早逝
所以是单孔的
哥哥还未婚配
所以是无孔的
我的父亲续过弦
所以是双孔的
一孔已经被封
一孔虚位以待
像那个远房的
独眼龙的叔叔

作为坟墓
或许是鼻子
作为鼻子
或许是坟墓
如今形状一样
走势一致
寓意相近
鼻子嗅的是肉体的气味
坟墓嗅的是灵魂的气味
无论是鼻子还是坟墓
一旦被封住

我将永远等不到
被释放的那一天

被重复安葬的先人
在护佑着他的子孙
而我美丽高耸的鼻子
也许仅仅成了
最麻木的装饰

⊙ 眼

也许我看到的
都已经被遮挡
我看不到的
都已经撤离

大地在耕种之前
原本不是黑色的
树木在燃烧之前
原本不是绿色的
小麦在收获之前
原本不是金黄的
我的骨头在腐败之前
原本不是白色的
我的血液在流动之前
原本不是红色的
世界在天亮之前
原本不是寂静无声的

我闭上眼睛的时候
看到我是一只大象
我睁开眼睛的时候
身边躺着一只蚂蚁
我醒着的时候
我捡起一颗露珠
我睡着的时候
我碰落几颗泪水
我活着的时候
心怀大地，耕种五谷
我死了的时候
大地将我当成种子深埋
我不知道
哪里是我发的芽子
哪个是我结的果子
面对一根草
和一把胡子
我不知道
谁是谁的影子
谁是谁的爱人

我看到的都是混沌

我想到的都是空白

我以为捧起一朵雪花

可以代表纯洁

我以为救起一只小鸟

是为了还前世的债

但是我错了

我的眼睛是一面湖泊

投入的事物

头总是朝下

根总是朝上

小姐已经不叫小姐

鸡不叫鸡

老虎不叫老虎

猫不叫猫

笑已经不叫笑

要叫刀子

刀子不叫刀子

要叫心肝

利刃之硎不是硎

而是上天的考验

或者一张不知羞耻的老脸

不是我不相信花花绿绿的世界

而是我目光短浅

穿不过一颗尘土

绕不过一抹斜阳

我走过的路全是弯曲的

留下的影子全是颠倒的

如果可以，我真想

用几首诗给这个世界

重起一个贴切的名字

把河边的杨柳叫美女

把地上的月光叫银子

当然

绝对不能

把银子叫月光

⊙ 身体

我曾经折断一根骨头
如今变成了气象站
可以预言未来的风雨
我曾经切碎一具身体
如今变成了教科书
把往日的灾难记住
如同寺庙
如同碑
与生命的体温一样
与生活的步骤相同
一再被惊醒的噩梦
从没有被破解的时候
那只无法撒手的瓶子
总会装满明天的白酒

日复一日，岁岁年年
我经受海水的浸泡
经受巨轮的碾轧

经受远方的冲淡
经受岁月反复腐蚀
几亿年前的大鸟是虚无的
几千年前的王冠是虚无的
几百年前的爱妃是虚无的
几年前生养的儿女
刚刚念过的经文
化过的缘
布下的施
都是虚无的
与我相关的事物
一个接着一个
都站在我的头上
像极了父亲
在门头悬挂的玉米
总有一天会被消耗一空
化为所有的尘土
一粒粒落在我的身上
需要拔一根天鹅的羽毛才能拍打
但是天鹅呢？我一直还没有找到
它栖息的地方

我走过无数的路
过了数不清的桥
结交过天下朋友
点过无数的明灯
为姐姐打过嫁妆
为哥哥抬过灵柩
为路人垫过盘缠
为陌生人指过迷津
我把上半身放在空中
把下半身埋在地下
中间的那一部分精髓
都走在镜子的背面
我既没有看到过自己
也没有看到过其他

挂在门上的镜子
与浮在云上的母亲
都是诸神的化身
它们破碎的
早就破碎
腐烂的
早就腐烂

在这个丧失生育能力的世上

已经没有谁

能将我的身体还原与复制

我只能祈求让我

心肝再痛一些

骨头再碎一些

皱纹再多一些

哪怕榨不出一滴乳汁

哪怕挤不出一丝血泪

哪怕找不到一粒金子

也要让我紧紧抓着风

飘啊飘

飘过树梢

飘上云端

飘舞百年

如干净的飞雪

第三味

净地

⊙ 烟火

太阳挂在我的眉心
阳光照着我的脚踝
我们到了需要充饥的时辰
你可以这样分辨这个世界
靠着五谷和风生活的
都是肉身
靠着愿望生活的
就是灵魂
在炊烟缭绕的尽处
在天堂的隔壁
一个馒头两块
一杯水八块
而且时蔬无价
斤两不明
他们的解释是
这里的每粒米
这里的每颗粟
这里的每滴水

这里的每束光
都是善因的种子
经过众生播撒
再历千山万水而来
还得洒上月光和甘露
像入定之后抵达极乐的信徒
已经灵光加身

我好客的故乡
在西北偏北的方向
比遥远更加遥远
比苦海更加无边
为何馒头供行者白吃
开水供游子白饮
每一次炊烟升起
都是一次布施
我问菩萨，菩萨说
他已不食人间烟火

我吞入腹中的
也许是施了咒的食物
也许是着了魔的盐巴

我的肠胃
我的皮肉和骨殖
也被开光
我借着钟声
提醒无所不能的菩萨
他只是人质
那些利欲熏心的人
其实就是一群绑匪
或者是世间本无佛
佛在五谷内
母亲告诉我
再微小的一粒粮食中间
都藏着
一万颗太阳
一千滴汗水
一百滴眼泪
和十朵等待叫醒的花蕊

⊙ 福地

每一尊新佛入住
必将是福地洞天
莲花没有根
艾草不用站在风中
香樟树被系上红丝带
之后，每一片叶子
就是可以给菩萨
捎去口信的那个人

有风景就有菩萨
有菩萨就有风景
其实在佛门
根本没有门
也没有锁
只有善恶
只有祥云
需要我们以光的身份迈过

有人说
在人间捐点香油
在天上就有一盏属于你的灯
我心中不免产生小小的疑问——
菩萨本无假
而且随时随地都会显灵
风都可以穿堂而过
蚂蚁都可以四处爬行
佛光应该胜过阳光
为何不能拐个弯子
把我普照

我的目光
只能看见笔直的事物
如今虽然看到了菩萨
和他头顶的光环
我为何并不满足
仍然想接近再接近
包括那只宿命的蝴蝶
并未止步于一朵花
仍然朝前飞朝前飞

和任何施主一样
我一旦戴上面具
比如一颗光头
比如一袭袈裟
比如一道手谕
则可以自由出入
还可以免除礼节
这不是我干净
不是我灾难深重
不是我与僧侣亲密
不是我与佛前世有缘
更不是我与天堂之间
只隔着一炷香
而是为菩萨把门的
是我的同类
他们有一只眼睛
仍在尘埃中迷离

旁边有一对铜狮子
瞪着眼睛
威风地立着
它仅仅只保留了狮子的模样

⊙ 清规

禁欲的佛门
餐馆仍旧开了
如太阳一样
涂着红色的嘴唇
所有人
都从一束光线起步
最终通过星辰离开
小米稀饭，白馒头
还有素面朝天的小白菜
都默守着清规
但是盆子里几条无名的鱼
带着几双被蒙起来的小眼睛
有的活蹦乱跳
有的游来游去
似乎在四处求情

它们只要还活着
泪水就会被忽视

呼喊就没有意义

除了风

有谁还能从水中

辨别出眼泪

它们坚信不远处的菩萨

坚信念了千年的《大悲咒》

坚信清规和戒律

会在中午之前生效

把它们从阳光下救走

活着的鱼

是我身边的一丝波浪

死了的鱼

会带着欲望的腥味

进入人类的身体

继续天真地玩着

吞吐气泡的游戏

灶火已生

炊烟袅袅

水已沸腾

无需抽签

一切都不言自明

每个饥肠辘辘的人
都是残忍的屠夫
一个大腹便便者
正在四处打量
最后他停在了
最欢快的一条鱼的身上
似乎只有这条鱼才能成为
他此时的白马，驾着他
驶向极乐的方向

阳光倾斜的同时
投下了影子
时辰已到
问斩的令牌如落叶
早就被风扔满一地
鱼啊，我和你一起
到死也不要绝望
说不定我们都是
上天派来的饵
刀起刀落
佛隐
佛现

⊙ 佛光

念完一曲《心经》
就领悟了古香樟
如何活到六百年
依然保持着敏感的心
随风摇摆它的身子
但是刚跨出佛门
遇到一位妙龄女子
她身着莲花裙
脸带桃花晕
我还是产生了炫目的感觉

靠我自己的斋戒
加上佛光的照耀
我还是无法免俗
我无法返回母亲体内
沐浴过后重新上路
所以请求让我
化为一朵昙花

一夜间变老变衰
让时间解除我
与欲望有关的装备
比如牙齿和眼睛
比如耳朵和嘴唇
比如每一根头发的黑
每一片雪花的白
甚至彻底解除我那
充满快感的命根

我身上有多少皱纹
人间就有多少光线
别小看一片片叶子
它是六百年前的叶子
别小看那颗红色的落日
它是六百年前的落日
当我双手合十
躬下腰的那一刻
有一群麻雀在飞
只有它们心里明白
谁顶得住一只鸟巢

谁才值得我

下跪和磕头

⊙ 圣树

香樟树从不下跪
它站在寺前的清风中
活了六百年的时光

它传来六百个春天
也传来六百个寒冬
那些倾泻而下的阳光
如今堆在哪里
无人知晓
查不到下落
但是它从没忘记
向人间散发香气
向天空传递消息
这一切
并不取决于骨头
似乎取决于灵魂

六百年前的天子呢香妃呢

六百年前的虫吟呢蝉鸣呢
我已经记不清他们的封号
不知如何使用他们储存的银票
就连六百年前那只鸟都飞累了
或许已经脱去了羽毛

算一算，这棵树
也许是唐朝的哪阵风
吹过来的一粒种子
也许是哪位诗人
推敲出来的一个词
也许是哪只天鹅
留下来的一个眼神
也许是我和月光
交集之后的哀伤

即使烧一百炷香
磕一千个响头
饮用地下三尺的水
呼吸万米高空的气息
我也活不到百年
刚刚进入不惑

牙齿已经晃动
耳朵已经轰鸣
神经已经错乱
还常常忘记那些佩戴过的小花的名字

香樟树的秘诀
应该不是低头
而是仰望
把每一片叶子望成手足
把每一条根须望成血脉
而我抓住最茂盛的藤蔓
天天都在向上攀援
希望采摘更多的禁果
每一个脚印就是我
埋下的一枚果核
百年之后若不发芽
只怕连一根草都不如
只能化为荒芜和乌有

大地多么宽广
每一把长满青草的泥土
原来都是我们垮下去的
消失的身体

⊙ 风景

有菩萨的地方
总是风景很好
要么山奇
要么水旺
无山无水的地方
也有一道高墙
和茫茫的苍天

是菩萨喜欢风景
便附在一草一木中
还是利用这些风景
增加头顶的光环
就像远道而来的我
是菩萨显灵消除了我的灾难
还是我的灾难增添了菩萨的香火

我分不清芸芸众生
谁心里带着慈悲的泪水

谁肚子里消化着易腐的酒肉
哪些人在看风景
哪些人成了风景
而在我的故乡
没有奇迹
没有异事
除了薄田两亩
春种玉米，秋种麦子
贫穷的祖宗没有留下一座牌坊
卑微的父母没有世袭高贵的血统
更没有一座寺庙
收留过一个僧人
关键是我额头上
没有朱砂痣
手心里
没有青龙纹
朝拜我的只有自己
和那些一起风就弯腰的庄稼

⊙ 脱离幻境

在一片沙滩上
菩萨眼里只有沙子
我却发现了一块石头
它在慢慢地上岸
和多数历尽磨难后
遁入空门的人一样

它没有棱角
不带屠刀
也不会开口说话
但是谁都明白它
心中暗藏着火花

它倒退一步
还是石头
它前进一步
就能变为金子
或者是透明的玻璃

它可以作为午餐
让风咀嚼千年万年
还尝不出什么味道
它可以作为一味药
凡是饮用它的人
都成了英雄
一抹青苔是它
对岁月仅有的体会

我天生属于石头——
被放大一万倍的沙子
被缩小一万倍的天眼
我想把它请回家中
向它学习
与它交心
和它交配
看它能不能怀孕
变成我的骨肉

我向功德箱里
投了一枚硬币
拨了拨灯芯

还把一枚果核
偷偷地埋在路边
但是出山时
有人提醒我说
只能提薪进寺
不能带草回家

我不敢得罪菩萨
也不想苦度光阴
我把这块石头
扔回了大海
像放生一条鱼
请求大海用它
无处不在的波涛
把我眼里的石头
磨成一粒沙子
还给佛
还给风

如果这块石头
不是佛门的石头
它也许真是一块

永不开化的石头

——随便可以

夹在眼睛里带走的沙子

或者是随时睁开的

一只天眼

⊙ 来来回回

离起程尚早
我便更衣沐浴
我认为是一次净身
别人误以为这是色是淫
菩萨说，舍利子
色不异空，空不异色
色即是空，空即是色
前往佛门的那个晚上
我死死地盯着一颗星星
不知道把它如何熄灭
不知道让它何时滑落

面对同舱的少女
其中的一个我说
千年修得共枕眠
百年修得同船渡
她应该是前世的
一只白色兔子

我是那个拿一片白云
帮她包扎伤口的人
可是我想不起三百年前的慈悲
不明白此时此刻接头的暗号
而另一个我说
菩提本无树
明镜亦非台
本来无一物
何处惹尘埃
既在菩提的路上
便不得动了凡心

我感到不安——
菩萨与美女
一个是皈依
一个是艳遇
一个是莲花
一个是桃花
哪一个都不好舍弃

我祈求菩萨保佑
生子

升官
发财
消灾
每一样都有违天意
只能回到尘世再提
在佛门，我只能
为我家的小羊写诗
为耕地的牛立碑
向踩死的蚂蚁道歉
替多嘴的乌鸦说情

义无反顾的他们
并未放下屠刀
按原路返回的我们
想必总是多数
从水到水
从岸到岸
一直轮回下去
是不知深浅的幽暗的深渊
夹着的几片白云
也有飘走的时候

第四味

八戒

⊙ 着香华

要胭脂吗

要红粉吗

要装饰吗

要狼的皮吗

要狐狸的尾巴吗

要蚂蚁的心吗

要上帝的鞋子吗

要魔鬼的指甲吗

你这混在夜色中的一丝游魂

还没来得及投胎

就有人开始向你

推销自欺欺人的化妆品

和妖魔化的易容术

等你来到这个世上

再睁开眼睛看看吧

掌得最晚的那盏灯

开得最早的那扇门

做得最炫目的那个招牌
都在释放着什么
还有那爱美的亲人——
一颗徒劳的种子
心里琢磨最多的是什么
嘴上议论最多的是什么

其实我一直
用丝，用绸
用绒，用毛
用并不存在的线条
在编织并不合体的行头
来遮掩自己的臃肿
和气虚
其实我一直
冶金，化银
炼铁，炼钢
炼毫无效果的灵丹
作为别在腰间的武器
来对付仇人
和时光

我说孩子

我能传给你的

尽在血中

我留不下来的

尽为身外之物

作为我的后代

我只能保证你的头发

会不会是黑色的

保证你的皮肤

会不会是黄色的

但是无法保证你的环肥燕瘦

无法解释你的掌纹有什么暗示

我说孩子

那迎接你的玫瑰

已经被剪裁和染色

我无法保证这虚假之美

会不会给你带来

喜悦和祸害

我早不在乎

出水的荷

是否清白

保持本色的

是不是戏子

我早无心思

计较那羞涩的

是不是处子

懒得辨别那银色的

是不是月光

我的头发已白

不得不剃光

我的牙齿已落

不得不镶上假的

我的花园已经荒芜

不得不清理疯长的杂草

装成一副青春年少的样子

人间没有逆流的河

没有颠倒的路

我若不如此

该怎么办呢

我的孩子呀

你不一样

你是空白

你是未知

是牙牙学语

是蹒跚学步

是无尽的净瓶

是瓶中的甘露

等你降临之后

就不要做鱼了

做养鱼的水吧

就不要做云了

做润物的水吧

就不要数星星了

做湛蓝的水吧

你要明白

每一次化妆

都会渗透

每一次武装

都是修改

只有水

没有影子

只有水

百步为净

只有水

可以把人淹没

又能把人浮起

如果把水换成泪

越流啊越多

如果把水兑成酒

越喝啊越渴

在人间

只有纯粹的水

才是万能的药

能治愈所有的创伤

⊙ 杀生

每一丝气息
动一次凡心
最后都会形成小于二点五微米的邪恶
悬浮在空中

人患了鼠疫别说与我无关
放飞鸽子会传染流感别说与我无关
山崩地裂别说与我无关
洪水猛兽别说与我无关
鱼无端地死在游弋中
别说与我无关
雪花滞留在空中不愿回家
别说与我无关
恐龙这只坐骑
化成了不会飞翔的石头
别说是几亿年前的过错
与我无关
也别说

种了西瓜收了芝麻
与我无关
更别说那个发福的乞丐
和一群裸奔的疯子
与我无关

如今我的骨头
不是畜生的骨头
但是我的灵魂
还是畜生的灵魂
我在白天放牧
在晚上磨刀
我春种玉米秋种麦子
在冬天磨刀
我一边谈论爱情和忠贞
一边在心上磨刀

一把把刀子
被越磨越尖
被越磨越亮
有的挂在墙上
有的别在身后

有的藏在心里
我原来只是
钻木取火
吃草为生
仰望浩瀚的星空
如今学会了酗酒
还学会了吃肉
不仅懂得用武火死煎
还懂得拿文火活煮
不仅制造了灯
还囚禁了光

猿花了几亿年
从树上跳到树下
从横行变成直立
暴雨前的一道闪电
就可能把他打回原形

我们每一个人
有一万个灵魂
升上了天空
一片云的灰暗

就是灵魂的灰暗
一滴水的苦涩
就是灵魂的苦涩
月亮的病态
就是乡愁的病态

我们所有的肉体
都埋入了大地
一根草的无情
就是我们的无情
一只虫子的异常
就是我们的异常

我看到过
一只翅膀的鸽子
两个脑袋的乌龟
三只眼睛的青蛙
四只耳朵的蝙蝠
五条腿的牛
发出绿色荧光的小猪
我看到过滥交的狮虎兽
和无性繁殖的克隆羊

还看到过没有一个角儿的雪花
和没有心脏的怪物

我每一次出手
都是隐形的暗杀
削水果的刀子
收割五谷的刀子
切入体内的刀子
伸向黑暗的刀子
有时候，并没有
别在屠夫的腰间

我使用的凶器
无法用火熔化
也不会生锈
每一次筵席
每一份荣耀
每一次祭祀
让日益发福的我
都成为一个不小的帮凶

我要开始学习牛羊

恢复吃素

我要敬仰月光下的孤独

我要把屋檐上的雨水

当成酒

我要用额头上的汗水

清洗每一块骨头

我要放下一百斤的重量

放下一米六六的高度

放下三尺三的直径

如同放下自己的身体

只留下自己的灵魂

驾着一根脱落的头发

和鸟一起飞

⊙ 偷盗

刚刚来到人间
我一丝不挂
身体空虚而蒙昧
所以我必须偷盗
偷一把树皮草根
作我瘦小的骨头
偷一地的霜雪
当我体内的盐

我偷过老杨家的
两只还未熟透的梨
尝尝新鲜
我偷过老马家的几个
正在壮浆的玉米棒子
来充饥
我偷过老汪家的
三个正在晾晒的天麻
准备换一包糖果

我偷过舅舅家的
一棵歪脖子树
给姐姐打成了嫁妆
我偷过大姨家的
一盒泊头牌火柴
点燃过一堆野草
我偷过表叔家的
一只虎头牌手电
试图连夜出逃
我偷过十年天光
翻看天书
我还偷过
父亲的镰刀
母亲的耳环
姐姐的裙子
还有一只喜鹊的羽毛
来充实我的行囊

后来是偷心
在繁花深处
把一个贞节牌坊轻轻地推倒
揉碎

当成肥料

撒在自己的泪水里

让一个少女，变成

再也无人涉足的废墟

再后来

我偷过无尽的潮水和杨柳岸

偷过七彩的油漆和坚硬的大理石

来装饰我的远方

我已经苍老而虚度

布满皱纹的一生

真不知道有什么

是自己亲手制造

其实，面对一个

无法销赃的人生

我同样是受害者

除了空洞的身体

什么也没有留住

我一万字的天书

被偷走了关键的词

亲手织下的衣服

被无踪无影的针

偷走了中间的丝线
青春的经期
被偷走了颜色
自信的脚步被漫长的路
偷走了风声
坟墓上
被盗走了磷火
坟墓里
被盗走了陪葬

我夜夜闭户
紧锁着躯壳
但是依然保不住
我当初的和平安康
最后才发现
我整天仰望的太阳
与它那温暖的光芒
才是最狠的强盗
它一天天一年年
偷走了我看得见的
夺走了我看不见的
连不满四十的母亲

和还未婚配的哥哥
及刚刚落地的妹妹
也被迅速地
运往了天国

它把偷走的我们
一半撒向天空
一半埋入土地
我这一生最荣耀的
是服从死神的安排
不信，请清点一下我杂乱的遗物
是否从一根草的尖上
带走过一颗露珠

⊙ 淫

夜晚在不停地缩短
光明在不断地延长

不要以为我
用石头和艾
取到了火
用罗盘和占卜术
在地下找到了光
就不再害怕黑暗

黑暗有时候
并非黑色的
如一面镜子
永远看不到
镜子的背后
所以点几盏灯
其实意义不大

三更半夜
最好醒来
看看都有谁
在人间出没——
一只饥饿的狗
两只发情的猫
几只失眠的青蛙
还有一群拾垃圾的人
不分昼夜地奔忙
那些早早起床的
只想提前晾晒
发霉的日子

从半夜三更
坚持到天亮的
与晨曦交接的
这些人造的光
它们到处都是
它们花红柳绿
它们虚虚实实
它们醉生梦死
它们成为黑暗中

最浓重的景观
它们来自何处
又将灭在何时
每个掌灯者恐怕都是欲望的灯芯

请把迷魂汤一样的酒倒掉
把杂货店一样的女人关掉
把欲望绑不住的男人锁住
再看一看吧，在三更半夜
如果再有光亮照射而来
那一定是坟墓上的
寂寞的磷火

早晨即将而来
请对着即将而来的
新鲜的早晨发誓
除了雪花一样的母亲
和母亲一样的雪花
我还染指过谁

面对萌动的生命
交媾是我的麻药

面对岁月的漫长
繁衍子嗣是我的暗器

风停不住了
呼吸停不住了
血液停不住了
一切都在狂欢和迷情中
传播着梅毒、湿疣和疱疹
更有那不可救药的艾滋

让我招认吧
从冬天的自慰
到春天的珍爱
再到夏天的狂热
与秋天凄凉的回忆
我已经在燃烧中
患上了早泄和阳痿

别指望那些暂时
躺在身边的人
来收拾欲望的残局
在半夜三更

我怎样才能把自己叫醒

恐怕只有梦呓

与磨牙

⊙ 妄语

我其实是人间
一颗小水珠
如今不小心
被挂在了电线上

对于出身
如果不让我说谎
将是多么卑鄙和残忍
父亲大字不识
母亲来路不明
妹妹降生的那天
土地皲裂
庄稼歉收已久
到处是天打雷劈后的火苗
祖先到了性无能的时刻
父亲，心事重重地
把即将落地的
无力抚养的

一条小命
想象成一条鱼
然后去小河挑水
装满了一口水瓮
我可怜的妹妹
刚刚露出头
刚刚露出身体
刚刚发出一点微芒
就被剪断了脐带
就被放进了水中
她还没有哭一声
还没有冒一个气泡
还没有像鱼一样游弋一下
或者是挣扎一下颤抖一下
就重新沉入了另一个世界
母亲这盏即将熬干的小灯
大呼一声：我的老天啊
然后别过脸去，一使劲
就咬断了自己的手指

对于爱
如果不让我说谎

那将是多么混浊和荒诞
我第一次收割的不是自己耕种的麦子
我第一次屠杀的不是自己养大的羊
我第一次在月光下怀念的不是我的故乡
我第一次梦见的不是我的亲人
入梦前满脑子想着的
也不是百合花
而是花蕊中的虫子
我第一次喷射而出的
竟然不是欢乐
而是恐慌和寂寞
我第一次怀胎并哺育的
不是自己的血脉
我第一次去跪拜的
不是自己信奉的菩萨

对于人生
如果不让我说谎
那将是多么的单薄和缥缈
我对乞丐的那点施舍
是为了换取丰厚的回报
大家看到的微笑

那是在遮掩我的阴暗
大家听到的那些赞美
这是在表达我的不满
我种下了玫瑰
其实我想收获的
是有毒的罂粟
我从天空中来
却最想留在空中

不要让我再坦白了
作为被倒挂着的小水珠——
人间一颗虚假的小珍珠
多像被逼上吊的冤家
在此，我想声明
我还是透明的
我还是易碎的
我还是想飞的
我一直提心吊胆
总是战战兢兢
每一次起风
我都有坠落的感觉
在落下大地之前

都是我的末日

我要缴械了
我要投降了
想杀戮大家就动手吧
如果看不到一滴血液
因为我流掉的都是羞耻
所以从今天起
我无法把一颗太阳
反射成一百颗太阳
那就让我尽量无声地
接近一根小草
像一颗露水
与云朵重叠的时候
无所不在的神灵
将不请自来

她只要伸开双手
就能轻轻地
把我接住

⊙ 饮酒

我曾经滴酒不沾
因为我不知道
这些五谷杂粮的来世
这些妖魔鬼怪的前生
是否会真的倒流

我要对每根头发
保持足够的激情
我要对一草一木
保持足够的敏感
我要对一虫一蚁
保持足够的礼仪

我站在葡萄架下
想象了好几个秋天
向日渐清冷的风
学习酿酒的手艺
但是，时光从未停止

像从地狱脱逃的野鬼

第一次迷上酒
那是某个正午
几个瓶子整齐地站着
像几个列队的衙役
浑然不知即将发生的事情
它们什么都怕
怕碎，怕火
怕缠绵和忧郁
还怕向前一步
就成了被审的囚徒

它们眼睁睁地看着
一个无辜的小女孩
被押上了刑场
行刑的那一刻
大家都在求救
有的向风
有的向灯
我则把目光
转向了这些酒

我希望把这个

小女孩的一丝游魂

与瓶子里的液体

交换一下

或者勾兑一下

我希望把酒

全部倒出来

腾出一些空间

把一条小小的命

装进去

让流逝的一切

像酒一样

开始倒流

第二次迷上酒

那是有朋自远方来

不亦乐乎

相聚的地方叫什么

我不记得了

对面的寺庙

自那天起

成了心中的标杆

值得再去一万遍
吃的是剥皮花生
还有水煮玉米
先是饮茶
然后也饮酒
我写了几首诗
从未在人间发表
却被他带到了天国
微醉时已是深夜
有诗谁还在乎
有无星星和月亮
临别
他赠酒一瓶
以示纪念
我摆在家里
一直没有打开
一是怕独自一人
我没有这个酒量
二是怕一打开
那天的时光
便不再停留
所以至今他还在一个

未开封的世界里
活着

第三次迷上酒
得从几十年前说起
为了给后妈做寿
我提了两瓶酒
外加两行袅袅的炊烟
这两瓶酒从此就放在后妈床前
代替我们
没日没夜地陪着
陪着她一起
抬头看天
也陪着她一起
缝补衣服
后妈的
皱纹越来越深
头发越来越少
眼睛越来越花
已经很难穿过那根针眼
宛如和那两瓶酒
一起继续发酵

有几次父亲嘴馋
准备把瓶子打开
与后妈一起尝尝
二十年陈酿的味道
还有哥哥早逝
姐姐远嫁他方
几只燕子未归
父亲都想拿它下手
但是全被后妈给挡住了
后妈说：你糊涂啦
你看看，这是酒吗
宛如摆在面前的
不是酒
而是她自己
一个个养大
又一拨拨离开的儿女
直到某年冬天
某个黄昏
我义无反顾地
把两瓶酒拧开了
给父亲倒了三杯
自酌自饮了三杯

然后又倒了三杯
洒在后妈的灵前
随着一阵风刮过
酒香四溢
一粒粒麦子
一道道炊烟
还有一只只失踪的燕子
和未来得及赶回的我
全部被一下子
释放了出来
从不沾酒的父亲
和海量的我
似乎一起醉了
几十年前那个
漂亮而年轻的后妈
她与母亲一起
又回来了

第四次迷上的
是度数不高的葡萄酒
因为我从工地回来
捡到一个瓶子

是空的

我颠倒过来

也没有倒下什么

有人说这个瓶子

原来装着的

叫拉菲

来自法国波尔多地区

由赤霞珠葡萄酿造而成

能把一百年的岁月发酵成扑面的阳光

能把阳光发酵成一百个花园一千个宫殿

有人说，上万元一瓶

比我一年的积蓄还多

我准备扔出去的手

又赶紧收了回来

那个瓶子，从此

摆在我的出租屋

像摆着明清某年的青花瓷

我最怕的

是把它打碎

宛如还装着

容易流逝的东西

每一次迷上酒
我都像个疯子
甚至想抛弃自己并不干净的身体
醉的次数多了
不禁开始质问
那些陈年的酒
或者逝去的人
都储存在哪里

那些女人的私处
那些吵闹的地方
那些黑暗的夜晚
为何都成了杀人
不见骨头的战场

多想在早上醒来后
饮上一杯
多想带着自己的影子
饮上一杯
多想在打雷闪电的时候
饮上一杯
多想在改换日月的时候

饮上一杯

在饮酒之前

多想滴血盟誓

饮完这一杯之后

还记得佩上剑

继续上路

我若是一种流逝

多想做一束光线的儿子

我若是一种液体

多想成为长去的河流

我若需要狂欢

多想独自一人

站在葡萄架下

站在一切还没有

被打破与发酵的时候

⊙ 坐卧高广大床

我降生之前
母亲单调得
甚至不会做梦
她说，没有什么
能跑到梦里去
即使她有梦
不会梦见苍龙
不会梦见白龟
不会梦见鲤鱼
她说，或许梦见了这些
但是她根本就不认识
我降生之时
如果一定要给她
一点美好的提示
她会梦见
麦子黄了
鸟儿叫了

我降生之时

无紫气充室

无雷电于天

无甘露降于墓树

只有一片麦子用金黄

支撑着这个世界

我的母亲

她手握一把镰刀

弯着腰，低着头

在逶迤前行

她没有掐算良辰吉日

没有准备好通灵的玉佩

甚至没有准备好

一匹拭血的丝绢

和裹婴的襁褓

她把自己当成风的母亲

把我当成风怀着的子民

直接生在了

最贴近人世的地方

一块青石板——

这大地的一根骨头

这天空的一只冷眼

竟然成了我的羽翼

托起了我

不至于使我沉沦

神灵就这样赐予我

一个乳名，叫石头

注定我

不仅在石头上起步

还偏爱在石头里入睡

我开始怀揣石头，并将之

一一融化

一一消磨

种上青苔和圣洁的词语

我一生全部附在石头上

在给石头招魂中远去

直到让每块石头

成为我的骨肉

并与我的血脉

一起向下遗传

后来是父亲跋山涉水

找来了最美的青藤
独自坐在月光地里
一边吹着口哨
一边为我
编织了一个摇篮
后来是母亲把自己
惟一一件旧布衫
铺在摇篮下边
还在边上插上了
三根辟邪的桃枝
后来是姐姐拨亮油灯
让我懂得了飞蛾扑火的哲学
让我学会了在摇晃中长大
并养成在低吟浅唱中
入梦和醒来的习惯

后来是父亲费尽心机
从三里外的
叔叔家的房后
担回了一堆黄土
从十里外的
舅舅家的火窑里

用一斗包谷换来了青砖
顺着门前的流水
走了十八里路
拾到一块薄石板
父亲多像女娲
准备补天
终于为我
搭起了一个土炕
后来是母亲晒干麦草
铺在我的土炕上
而且还在枕头上
绣上了吉祥的喜鹊
后来是姐姐每天黄昏
拣来一把干柴
生起一堆炉火
我的温床呵
高过三尺
宽过四尺
长过六尺
可以在上边翻身
在上边打滚
也可以在上边打坐

像转世的灵童

后来
到底是谁
在一千公里外
在真如街上
在富贵弄中
拆掉了清贫里
铲除了石板路
盖起一处私宅
后来是谁从月亮上
借来十个处子
悬在天花板上
从天上开采一百吨白玉
铺着走廊、地面和窗台
在胸脯中储存一千两银子
涂着墙壁
还提前十年
栽一万棵桑树
养十万只蚕
让它们咀嚼
让它们吐丝

让它们做茧

让它们自缚

再把它们杀死

连破茧成蝶的机会也不留

给我织了几床

柔滑，轻薄，细腻

而且宽大的被子

盖这样的被子

春宵苦短

盖这样的被子

一刻千金

盖这样的被子

不做噩梦

而且在床头

点燃香烛

斟好玉液

拉上罗帐

还配上了

一分缠绵

十分羞涩

一千分慌乱

十万句呓语

夜色轻淡

桂花轻摇

让我学会了狂欢、无眠和晚起

并养成了不再早朝的习惯

今天

我迷茫的

并非无处安歇

更不是如何在人间逗留

而是我的床

在不断地铺开

在不断地复制

从三尺到五尺

从一个到十个

从地上到地下

从天空到天堂

水是我的床

火也是我的床

在床前

安排一对丫鬟

供我随时使唤
在床头
摆满金银细软
供我任意支配
在床上
斜倚着的美人
有的贤淑
有的温情
有的倔强
有的刚烈
就寝时，根据我的心情
让不同的人服侍我
而且在枕头下
压着枪支
以防突袭和不测
就连月亮也将成为我作乐的地盘
涂上一层神话的湛蓝

今天
无论离家多远
无论如何陌生
床都无处不在

而且没有边际

不分你我

就连接近的天堂

也预备好了失重

但是，我依然

身长不足五尺

睡眠不过五更

心脏只有一个

我不知道如何

与白云一起

舒展我的身体

我常常看到

父亲把一粒芝麻

撒在一百亩地上

母亲把一根针

扎入白雪皑皑的冬天

姐姐把一颗麦子

摊在十万年的阳光下

这是多么渺小的举动

却无论如何忽视不了

一只麻雀
从头顶划过
留下一句鸟语
我听懂了它的话——
不要以为它把巢穴
搭在纤细的树梢上
就限制了飞翔

我的前生在黑暗中
今生还有一半黑暗
需要躺下来慢慢度过
即使游遍了天上人间
最后还得回到一方墓碑
我之所以要把自己
放在地下深埋
因为要让任何光
都别想找到我
一旦离开大地一寸的距离
就代表我并不存在

⊙ 非时食

没有看到一粒种子
没有看到一棵庄稼
我吞下的肯定不是钢筋和水泥
每个人的背后再匆忙
都有一块秘密土地
在养活着大家

早上七点
我喝稀饭
吃点面包
中午十二点
我吃面包
喝点小酒
晚上六点
我喝酒
抽一支烟
晚上十点
我抽烟

谈论寂寞和忧伤

凌晨一点

我寂寞的时候

满大街寻找夜宵和猎物

这都是神和我签下的条约

但是如今全被作废

在任何一家店铺

卖得最多的是什么

在任何一条街

最热闹的是什么

在任何一天晚上

坚持最久的是什么

那些早出晚归的人

都在不停地准备着盛宴

我吸完了母亲的乳汁

再吸甘露

我吃完了五谷

再吃游鱼

我吃完了鸽子的翅膀

再品蛇蟒的心腹

有些野兽曾经吃人

为了讨好我
吃完了同类
再吃自己
为腐烂而生的虫子
离开了人类的尸体
那些飞蛾
已经离开了火苗

中间交叉着
喝了一杯牛奶
吃了几根羊排
太阳偏西的时候
又品一杯消食的浓茶
还要拔掉天鹅的羽毛
去捕猎蚊子
半夜三更呀
我不好好睡觉、幻想
不在梦里会见亲人与隔世的冤家
还要接着啃祖先的头颅
继续啃鬼的舌头
甚至，我还在暗中
紧盯着人类的胎盘

就连去了另一个世界
那些情深义重的兄弟
还要借着祭祀的名义
让我不停地消化几只桃子
和巨大的馒头
在吃中
让风放弃了立场
让野草改变了性别
在吃中
让虫子滋生蔓延
让虎狼丧失了斗志

只有一把泥土
张开了嘴巴，不停地
吐出颜料
吐出香味
吐出火苗
这多像我的母亲
仅剩下最后一天
为了给人间
节省一把小米
而吐出了血水

她没完没了
吐完青苗
开始扬花
吐出叶子
开始挂果
为十月丰收
就连冬天也要吐出白雪
覆盖着自己

让我暂时放下
扬起的刀叉棍棒
停下我的嘴巴
停下我的利齿
停下我的肠胃
停下我的唾液
停下我的撕咬
停下我的细菌
留一点时间
留一点肺腑
留一点饥饿的目光
然后看一眼星辰
如果可以，让我

给一只蚂蚁让路

对一条鱼行礼

向一只羊下跪

再问候一次已逝的亲人

来喂养一下我的灵魂

饥饿不仅仅是活着的感觉

也是活着的尊严

当我的灵魂不灭

那是它饱食了人间的风霜

尾声

除尘

⊙ 除尘

我遍寻铁母不遇

我开凿圣水不及

在风雨交加之夜

还有谁给我托梦

还有谁为我擂鼓助威

还有谁左右盘旋

帮我捧起炉火

还有谁在旁边帮我加炭

还有谁愿意为我以血衅金

还有谁值得剪下她的青丝和指甲

投入我铸剑的熔炉中

阳光普照，月光轻寒

有一缕应该来自自己身上

我吃斋念佛，乐善好施

不误食一只益虫

不伤害一根小草

希望一刀一刀

挑开皮

剜掉肉

剔除骨头

从骨头中剔除尘土

但尘土掺杂在生命之中

已经不可分割，我难道

请死神再次把一切清除

并带着我

重新去飞

二〇一四年七月八日完成全稿

二〇一七年六月九日完成修订

附录

答诗友

⊙ 答诗友

诗友：你在诗歌写作中怎样获得更为丰富的语言资源以及诗歌多义性的呈现？

陈仓：说到语言资源，我很欣赏一位前辈的话，文字是肉做的。照我的理解，特别是诗歌，不是靠语言写作的，而是拿生命来写作的。我的语言资源是有限的，文字理论与手法是浅薄的，但是我的经历丰富，从最落后的山区，到最发达的城市，这种落差，这种曲折，这种心路，弥补了我的不足。我对自己的作品好坏的评价，也不是看语言的，而是看每一个文字，是不是来自于生命最本质的体验，是不是发自灵魂深处的声音。这几天，我有种长生不老的感觉，不是我找到了长生不老丹，而是我写了几首不错的诗，每一首诗感觉都是我身上掉下来的肉，也可以说，我不仅仅只有一条命，骨与肉的命，还有另一条命，是由文字组成的，现在它正在丰满，正在长大，它不会如骨肉命似的，越来越短，越来越脆弱，一会儿牙齿晃动了，一会儿头发白了，它能逃过时间的劫难，与世长存。不过，我这条文字命，还在继续孕育当中，我在一首诗中说，每一个诗人就是一个孕妇，有点这个意思。

关于诗歌的多义性，就如“看山不是山，看水不是水”一样，和宗教的眼光类似，把自己放在众生当中，与它们交流，与它们互换，最后取得生命体验中最本质的东西。其实“看山还是山，看水还是水”，由于我们赋予了山与水不同的生命感受，才有那么多意义，让我们去挖掘。这与用生命写诗是有关联的，生命意义的宽度，就是诗歌意义的宽度。

诗友：你是因何开始对诗歌情有独钟的？诗歌真是一种青春的文学吗？

陈仓：说实在的，在我没有写诗的时候，我真正读过的诗，就是课本上有的，要么李白，要么杜甫。我之所以开始写诗，真正出于一种生命的本能，一种生命的自然延续，也可以是一种青春的萌动。有一年，我与哥哥一起去河南淘金，哥哥在淘金中死掉了，后来我写过一首诗："二十五年后在上海我走过金店／看到摆放着的金子／我的身体顿时飘飘然／感觉自己有些暗淡有些轻／／想起我的哥哥，一个刚刚定了亲的陕西农民／在海拔很高气温很低的金矿上／被含金量不高的矿石砸死了／那时他二十多岁一百多斤／心里刚刚喜欢上一个女孩／但是这一切加在一起／换来的只有八百块钱／当时，抵不上十几克重的金子／现在，抵不过三克重的金子／／他的一生多么像矿石／被剧毒的汞浸泡后／除了一把残渣之外所剩无几／那时金价不到六十元一克／如今已经翻到了三百之上／而哥哥增加的只有我的伤感／／金子做的上海，总是很贵很重／二十五年后在上海我走过金店／我看到的只是，手镯，耳环，戒指，项链／这种不怕火炼的金属／用得最多的地方，竟然是装饰人们的脖子／与门面"。出事的时候，我为了生计正好辍学，哥哥死的当天，想着刚刚还在一起，现在却只有他的尸体，我立志一定重新学习，后来我冒着大雨，给校长跪下了，我说"我要上学"。我重新返回学校，从第一学期开始，就一直在想，怎么样才能让自己的生命壮大起来，一直延续下去，当时在我的灵魂里，惟一闪光的，就是少得可怜的诗句，所以我仅有的办法就是写诗，所以诗歌从此与我的生命密不可分了，不过那时候写的诗，已经不记得怎么写的，早就丢掉了，找不到了。

考上学之后，我的命运从此改变，从一个农民变成了一个干部，从自己种自己吃，到别人种给我吃。在这样一种状态中，我才开始接触到真正的诗歌，才正式进入一种常规的诗歌写作生命。中间不停地在调整，在感悟，在学习，但是自己的价值观从来没有改变，就是赋予文字以生命，让文字替我好好地活着。

诗友：诗歌有没有能力补充某种社会担当？有人说诗歌什么也改变不了，只是一种偏僻的精神运动。如果有，体现在哪里？如果没有，诗歌的存在又有何意义？

陈仓：诗歌有没有能力补充社会担当？在我看来，诗歌的力量还是强大的，是其他任何一种纯文学体裁无法替代的，在历次的重大社会变革中，诗歌都起着巨大的精神推动，据我所了解的，在“文革”过后的文化荒漠时期，诗歌之所以有如此重要的影响力，诗人的社会地位如此之高，正是因为在这样的关键时期，具有敏锐触角的诗人，用直入灵魂的诗歌，宣泄了人们长期以来郁积于胸的情绪。如今非常有名的诗人，正是在那个时间成名的，目前他们还在昔日的光环中，享受着诗歌的荣耀；还比如二〇〇八年的汶川大地震，在那么大的悲痛面前，除了诗歌之外，没有任何一种文体，有力气支撑如此多的灵魂。

如今诗歌越来越无力了，越来越离开大众了，不是没有好的诗歌作品，也不是没有良好的艺术生态。这种现状，是日积月累造成的：一是我们的诗歌到处都充满着艰涩难懂的词句，就是一些专业的人士，也不见得能够欣赏，何况普通大众。北岛、舒婷等一代诗人的诗歌作品，号称朦胧诗，但是比起现在的作品来，他们的作品还是朗朗上口的，还是通俗易懂的；二是我们的诗歌越来越远离了生活现场，有多少名作、大作会是深入第一现场的生活呢？如果说有，那就是微弱的打工诗歌，它们真正进入到了城市化进程的核心，反映着一代人从农村到城市的阵痛；三是价值观的改变，以金钱为目标的生活方式，肯定是直接的、直白的、苍白的，是忽视精神存在的，所以很少有人静下心来享受诗歌，按照一些人自我安慰的说法，诗歌是贵族的艺术。

诗歌在当下的存在，如果说有意义的话，最大的意义应该在于诗人本身。我们是否发现，现在几乎所有的诗歌读者，又兼任着诗歌创作的任务，这意味着什么？意味着诗歌已经失去了“精神产品”的大众范畴，而变成了诗人们的一种“精神工具”，这和宗教的含义类似，就是诗歌的创造者运用诗歌，来求得灵魂的安宁与净化，求得生命外沿的扩张。所以说，现在有一些诗歌爱好者对诗歌的追求，已经到了与教徒相同的地步，他们不求回报，不求功名，甚至心甘情愿地为此付出巨大代价，在我的身边就有好多诗歌朋友，他们可以用诗歌“圣徒”来赞誉。正如我在自我介绍的时候所说的“我们不求得到什么，我们只求留下什么”。这应该是教徒的行为吧？我不太确定。

诗友：有人说中国的诗歌创作落后于西方几十年，你是否认可这样的说法？如果是，中国的诗歌创作与西方相比，差距主要体现在哪里？

陈仓：我在这方面是弱项。第一，我读外国人的诗歌不多，上学的时候读过《浮士德》竟然没有读懂，后来读过好多裴多菲，连他名字都读错了，可想而知，对他的诗的理解是多么肤浅，现在的外国诗歌很少能够读到，所以就更不甚了了；第二，我还没有和任何外国的诗人交流过，死了的已经死了，活着的人吧，人家说英语，我最头痛英语，有一些旅居海外的诗人，倒是接触过几个，但是他们写的诗都是本土货；第三，我不太了解外国人心里在想什么，他们的生命状态是什么样子，有时候觉得老外好奇怪，他们不像是人的思维，是上帝，是外星人，或者是野兽，与我们中国人格格不入；第四，由于西方实行市场经济比较早，诗歌文学也在进入市场化方面得到了适应。目前中国还处于初级阶段，大家看看现在获得市场的文学艺术，郭敬明就是一例，他写的文字肯定是文学，又不是儿童文学，却是一些艺术欣赏品位还处于萌动状态的少年儿童，就是市场化初级阶段的初级文学的反映。西方艺术在中国广泛传播的，最突出的就是电影，一部部都很有市场，又有艺术欣赏的价值，他们在市场与艺术方面找到了一个良好的结合点，这恐怕正是多年的市场化磨合带来的产物。

就凭着中国这么多的象形文字，这么神奇的只可意会不能解释的意思，那么浓厚的几千年的诗词歌赋传承，外国的诗歌永远跟中国的诗歌没有办法比。中国有一大帮人有资格获得诺贝尔文学奖。我认为，中国是诗歌大国，中国是诗歌强国，如果有一天不用 GDP 来衡量一个国家的实力，而以诗歌产量与质量来衡量，我们每个人对着侵略者不是射一颗子弹，而是每个诗人都站到椅子上边，醉醺醺地朗诵一首自己的诗歌，老外一个个就傻眼了，那中国就有救了，绝对可以威震天下了。我没有考证，唐朝也许就是用诗歌臣服天下的。

诗友：中国现在的政治生态有没有禁锢中国作家的发挥？诗人如果是教徒，难道只局限于自教不能传教吗？诗人能不能成为马可·波罗与玄奘？

陈仓：任何拿政治生态来做文章，都是借口。其实我们看看当下，很多冰已经开化了，一些题材原来是地雷，是不能踩的，但是现在慢慢地放开了，特别是网络的广泛运用，原有的禁忌几乎没有了。最近微博很火，有一些言论在过去看来是反常的，但是现在就很正常了。落后的、跟不上时代的、自我束缚的，倒是一些传统艺术传播平台，最突出的就是一些纯艺术的刊物，无论是从价值观上，还是从表现手法上，都显得很传统，很守旧。现在的一些著名杂志，除了是名利场之外，纯粹从艺术的角度去看，实际上越来越被边缘化了。上海出了几个跟得上形势的作家，韩寒、郭敬明，还有几个，都很有市场，原来不被主流认可，现在也慢慢地被接受了，传统大刊也开始刊发他们的作品，来寻求与时代的对接。他们的作品我都接触过，包括韩寒编印的杂志，我一字不落地研究过，其中有几行字的诗歌：“谁也没有看见过风，／不用说我和你了，／但是纸币在飘的时候，／我们知道风在算钱。”说实话，这首诗挺俗的，提钱挺俗的，在诗里边提钱就更俗了。那本杂志的主要特色是有腔调地表达，从文本本身打破传统固有的定势，而意识形态没有根本的变化。这意味着，中国的艺术生态，由于传播方式的改变，正在迎来前所未有的机遇。

有一点我不明白，我们看外国人的电影大片，也和中国的一样，多数有一个歌颂式的、阳光的、美好的主题，要么是正义，要么是大爱，要么是励志，要么是反映民族精神的，这些主题好像与中国目前所倡导的价值观没有太大的差别。还有诺贝尔文学奖，获奖的外国人的作品还不照样被引进来了吗？我们还看到了，什么样的作品，在网上都读得到。我觉得与中国目前的价值观还是一致的。是不是可以这么说？中国没有出现世界级大师，不能把账算在意识形态的头上，而应该从作家、作品与教化本身来寻找原因。

我对当下诗歌的意义以圣徒比喻，看上去是“自教”的一种消极的情绪，这是目前无法回避的现状。但是从另一个侧面想想，“自教”也不全是消极的，也有许多积极的意义，比如我们写诗的神圣感、无欲求、无功利，这本身就是一种积极的生命净化。如果说宗教的意义在于“传教”，这个提法有很大的启发性，没有“传”就无法“播”，没有“播”，在人类的心田里，艺术的种子就不会生根发芽，就不可能有大树、大师、大家、至圣。这个议题值得诗人去借鉴，值得诗歌评论家们去研究。

诗友：我也在上海待过几年。我想问的是，如果在政治生态方面没有问题，那么请你谈谈中国诗人为什么没有独立精神？

陈仓：你在上海待过？是哪一年的事情？有一次，我在徐家汇，看到一个梳着大背头、穿着长袍马褂的夫子，一只手背在后边，一只手捋着胡子，看着上海气象台的百年塔顶，念念有词，不一会儿，徐家汇上空，竟然飘起了阳春白雪，这在上海是不常见的，预示着有大智在此隐居。我心想，此乃神人，凑上去一听，他竟然在背诵屈原的《离骚》。现在看来，这个人应该就是兄弟你啊。

关于中国诗人的独立精神，也是我一直在考虑的问题，我认为是中国教育对文人精神的一种挫败。中国教育确实毒害了很多文人，有些文人是直接中毒的，有些文人是间接中毒的。前一阵子读了一本民国时期的教科书，发现那时候的教材，比我们现在要纯粹得多，全部是真正地培养孩子的审美。而我们从小学至大学读到的呢？我认为，有些说教的东西，会让我们失去我们。说实在的，在我每每动笔写文章的时候，我真希望自己是一片空白，哪怕是一个文盲也好。早些年写东西，还未动笔就想得太多，先想会不会被传统刊物认可，又考虑自己所宣扬的思想，符合不符合中国当下的环境，也就是反动不反动，更主要的是信号受到各种各样的干扰，最后写出来的东西，看上去还有点美感，实质上是说教的美感，如果把它形容成金鱼，更像一块压扁了的、没有活动与生气的、没有自由意识的鱼干而已。按照有些人的观点，中国教育就是一缸酱油，你一旦落入其中，就再也找不到自己了。前一段时间，与一位诗歌编辑讨论，如何才能创作出伟大的作品，那位编辑说了一句让我吃惊的话：“胆子要大。”我们像是一个被孵化的小鸡，如果没有胆量啄破外边的蛋壳，如何才能出世，才能挣脱？

诗友：想请你谈一谈“非诗”的问题。中国的诗歌历来讲究“诗言志”，但是时下一些思想模糊、主题不明的诗歌作品泛滥，这样的诗歌算不算诗歌呢？可不可以写呢？

陈仓：我回答得不一定对，也没有多少理论依据，只有自己的一些体会。我认为“诗言志”中的“志”，应该是多义性的，反映一下自己的情感，反映一下自己的理想，反映一下自己的迷惑，反映一下自己的感受，等等，都是“志”的表现。古诗中，唐朝应该是写得最好的时期了吧？李白写得够好的了吧？他的很多诗，写得有才情，有灵气，很美，关键是通俗易懂。但是不知道为什么，在我上小学的教材中，作为重点的却偏偏是《静夜思》，过去祖先教我们念，我们还准备教后代们念，但是你看看：“床前明月光，疑是地上霜。举头望明月，低头思故乡。”这首诗就我个人而言，当成儿童时代无意义的儿歌念念，还觉得挺顺口，长大了反复体会过好多次，而且专门躺在床上，拉开窗帘子，让月光照到自己的地上，身临其境地来体会，我这个远离家乡一千多公里、想白了头发的游子，现在也不明白它好在什么地方。如果一定要说它好，就好在能引人进入一种意境，一种孤单思念的意境。但是这首诗他言志了吗？言了！这个“志”就是“思念”。

现在的诗歌有表达“思想模糊、主题不明”的弊病，好像是致命的。前一段时间，与一位诗人朋友谈诗的时候，他说“我们的诗有一个优势，就是表达十分准确”，我觉得他说得很在行，是专家。目前有很多诗，你不知道他想说什么，为了追求新颖，把意象任意嫁接，月亮上他可能看出土豆，太阳上他可能发现胡子，如狮虎兽差不多，四不像，也没有生命力，最后只能死路一条。表达的准确，是指在诗歌创作中，无论是实体的虚化，还是虚体的实化，这之间的转换，还是要尊重自然规律，尊重事物的本质，尊重普遍的感受。我在一首诗里说“大海一做梦，人间就有一场雪”，我自认为有点意思，在虚化的“梦”与实化的“雪”进行对接的时候，是有自然规律可言的。因为海水蒸发之后变成了云，然后再降为雪，这是一个科学的自然规律。如果我说大海一做梦，人间就有几个苹果或者是肉包子，那不实际。

补充一点，我一直有一个态度，评价一首好诗，没有任何条条框框，不会拿任何评论家的理论来支撑。作为一个读者，我认为不管是唯美的，还是让人感动的，让人回味的，让人期待的，让人心里一颤的，让人对生命顿生敬畏之心的，一首诗无论沾上哪一点，都应该是好诗。当然达到这些，都必须是在诗歌文本的范畴内运行，其他文本不算，因为有时候一个黄段子，也能引起感官上的刺激。

诗友：对于散文化的诗歌语言，是值得提倡还是需要克服的一种倾向？

陈仓：昨天刚刚读过你在《诗刊》上的大作，还向堂客提起过，说你写得太好了。你的那几首诗让我印象深刻，许多句子让人过目不忘，有一句是写当下网络生活的，比如“那么多的玫瑰没有香气／那么多的爱情只是空气”；又比如“多年后我希望自己是那个／正在河里洗浴的女人／而你是刚刚洗净画笔，默默看着窗外的男子”，对才子佳人式的美好生活的向往，让人在浮躁的生活中尤其觉得珍贵。这些诗用古典的意象、词性与背景，来描述与衬托当下最为热点的生活，与时代进行了无缝对接。

你所说的散文化倾向，我是不太主张的。目前诗歌创作之所以有这种倾向，而且被一些杂志推波助澜，我认为就是想以散文的方式，来遮掩作品本身的不足，来软化诗歌在读者心目中的僵硬状态。这里想遮掩的有两个部分：一是形散。就是想以长长短短的句子、随随便便的断行，来获得某种韵律，寻求读者对前卫的认可。如果不把一首诗排得怪怪的，好像读者就认为你是老土了。前几天，我在读一首名家的“大作”时，我试着用工整的符合诗歌形式的方法，重新回车键了一下，再去读的时候就完全不同了。现在有一些人，开始尝试把句子排得像古体诗，追求每行字数一样，就以为是返古了。像是那些穿着宽大的像是睡衣似的人，来遮掩自己肥硕的腰身。二是神散。很多的诗歌以让人“看不懂”来模糊诗歌的朦胧美，就是写得信马由缰，神龙见首不见尾，让我们搞不清状况。这像是陆地战，在头上插一些树枝子，他无论怎么跑，别人都判断不出他是植物还是动物，所以觉得很神奇。更可怕的，有一些诗歌的欣赏家，以看不懂来寻求自己评论的空间。大多数人看不懂了，他才可以随便理解，无限度理解。

所以，我认为最好的诗，应该是很干净的，是很清楚的。当然，清楚不是直白，应该是留白，让读者有充分的想象空间。

诗友：我觉得你的诗歌看上去很朴素，但是仔细阅读又觉得很深刻，对这样的评价你自己持怎样的态度？

陈仓：你对我的诗歌评价有点高，不过我的一点小梦想，已经被你看穿了。我一直在追求的就是用最最朴素的诗歌语言，最大限度地表现思想性。你读到的《诗刊》特别推荐的那几首，只有《看病》是去年新创作的，写出来不到十天，就投出去了，就被确定刊用了。好多比较满意的诗，都是这样的即兴之作。《诗歌月刊》上有几首，是十多年前写的，那时候也很注重思想性，但是毕竟是自己的小情怀和自我的小心思，谈不上思想性。所谓的思想性，我想应该具有社会的、公众的、历史性的深度才对。爱情诗不是不能写出社会与公众的深度，有很多伟大的爱情诗就是把爱情放在时代的大背景下进行审视，这样的情怀就是大情怀了，这样的心思就是思想性了。但是，我当时没有做到，现在正在努力，再过一段时间，你如果能读到我的新作，相信你会从中发现我在进步，一直朝着这个方面在靠近。

我给自己定了两个标准，第一个标准就是你所说的朴素，无论是语言上的还是内容上的，不要玩太多花招，更不要装。只有朴素，才平易近人，才容易被人接受，才容易懂。我的诗歌首先想让人读懂，心领神会是一种懂，意乱情迷也是一种懂。有位诗人告诉我，不要把读者都当成傻瓜。我不认同，不是我怀疑读者的智商，而是考虑到读者的感受，不要让他们读起来太吃力，太累。太吃力太累的事情，大家都不愿意做。刚刚有人提醒我“要传教”，没有人心甘情愿地读你的作品，你的作品再美得不到传播有什么用呢？第二个标准，就是思想性。一说到思想性，好多人会误解为高深莫测，其实是不对的。有时候穿着朴素衣服的人可能更有想法，比如和尚。没有思想性的作品，我不会承认它是好作品。我也会写一些别人看不懂的作品，也会写一点小情小调的作品，原因是在生活中，有好多灵感一闪而过，我想如实地记录下来，留存下来，等到哪一天再升华一下，也许就是好作品了。

诗友：在诗歌创作中以写意为主好，还是以写实为主好？

陈仓：我喜欢两条腿走路。你肯定说，废话，难道你有四条腿吗？那可是动物。这里我说的两条腿，是指我在诗歌的创作中，一方面是写意的，一方面又是写实的。离开地面的那条腿是写意的，踩在地上的那条腿是写实的。写意可以让一首诗得到升华，写实可以让一首诗生根。诗不升华不行，没有根也不行。所以不能太写意，太写意感情就是飘浮着的；也不能太写实，太写实就没有想象空间。我一九九四年在《星星》诗刊获奖的标题叫《静物写意》，二〇一一年在《诗刊》上重点推荐的标题叫《生命写意》，都是虚实结合得比较好的。偏重写实的这类作品，是没有办法而为的，我称它们是宣传品，就是运用诗歌的形式进行某些宣传。你不这样做，就得不到认可，就没有饭吃，很多政治抒情诗，就是这样的作品。我的《诗上海》这部作品，最后销售得相当不错，竟然有了利润，这是没有办法的，你不这样写，就不可能出版，除非你自掏腰包。不过，读过这部作品的朋友都能看得出来，我在宣传与纯艺术之间，想尽量找到一个结合点，这种努力是有成效的，就是为什么有许多评论家叫好的原因。但是我觉得，还有许多无奈的成分。

我们有时候可以借鉴绘画，画龙画虎难画骨，好画既能让人看清画的是什么东西，又能让人看出画的是什么精神。

诗友：你对当前的诗歌创作状况是怎样认识的？有何建议？

陈仓：我对诗坛不是很了解，因为我从二〇〇〇年起，就很少跟诗歌圈子打交道了，直到近几年才重新和组织接上头，而且还是单线条的，还有很多的不适应。不过，我认为，目前的诗歌创作还是很正常的，而且水平还是很高的。问题出在哪里呢？不是出在作品本身，而是出在传播平台与诗歌价值的认同方面。网络上的诗歌我们不讲，单讲讲一些刊物，你要想在诗坛打下根基，就得在各种各样的文学刊物上频频亮相，而这些刊物目前部分地丧失了诗歌价值的评判标准。想当年，获不获奖、发不发稿，都是要看作品本身的。诗人与编辑一辈子也没有见过面，不打一次电话，但是照样重点推出。而现在呢？交流方便了，交流频繁了，给价值评判带来了很多干扰。作品的发表要看的地方比较多，要照顾各个方面的情绪，包括赞助商、关系户、派系，最后真正胜出的，都是一些综合因素。再加上，长期以来与中药一样，没有一个统一的衡量标准，最后诗歌的价值取向，就含糊不清了，导致了诗歌地位的边缘化。目前许多民刊与一些民间的评奖，在这方面做出了许多努力，希望能够重构诗歌美学与重建诗歌秩序，但是由于娱乐至上的社会特性的改变与积怨太深，收效甚微。

诗友：我想说一句，好像北大有位知名的诗人说，写颂歌永远是诗歌的初级阶段，你怎么看待这个问题？

陈仓：你说的这位知名诗人的诗，我过去读过，非常敬佩他。他说的“写颂歌是诗歌的初级阶段”这句话，我不知道是在什么背景下说的，也不能准确理解他“颂歌”一词的含意，如果有详细的文本，请告诉我，我一定去学习一下，认真地体会一下。我有一点粗浅的看法，上个世纪三十年代，有好多名家的作品，在当时可以称得上是优秀的，在建国六十年的时候，有些刊物专门弄了一个“经典回顾”，收入了许多作品，在几十年之后重读，我觉得真的就是颂歌，赤裸裸的颂歌，但是在当时应该是最高级的阶段了吧？我再举个例子，九十年前，如果让人读《党章》，那时候应该是很激动人心的、很神圣的、很伟大的，但是现在再去读读，会有什么感觉呢？应该是完全不一样的。所以对于颂歌，要看在什么大环境中写出来的，如果在创作技巧十分成熟和自由的今天，那真的就是初级阶段了。另外，任何诗歌类型，都有它的难点与亮点，在颂歌这一类能写得好的、写得情真意切的，也是了不起的。前几天读了一位诗人的诗歌作品，特别是写爱国的，有一首叫《在祖国，没有我不愿意写的字》，读着读着，就让人有想哭的感觉。有些人专长写非颂歌，或者是悲歌，而有些人呢，恰恰就有这方面的天才。现在是一个多元发展的社会，每个人都有自己的独立立场与价值取向，也有自己的表达方式，我们不能简单地认定某一个类型的艺术是初级的，某一个类型的艺术就是高级的。前一段时间，我看了两部历史小说《孔子》与《大秦帝国》，发现自己一直以来的一个认识是非常错误的。我老以为几千年前、几百年前的人，天生比现在的人笨，现在才明白，其实是一样的，有可能更聪明。进步的可能只是科学，也有可能是文化的积淀，而不是智商。卖大蒜瓣的与卖大蒜苗的，谁高级谁低级呢？

但是有一点可以肯定，我的《诗上海》（这部作品也许是我最差的作品）有想迎合市场的倾向，所以在艺术方面做了一些变通。你想一想，如果我不这么做的话，是什么结果呢？结果肯定像我接下来要出版的一本很纯粹的能够代表我最高艺术创作成就的诗集一样，除了圈子里的人，就没有大众读者了，除了自己出钱之外，就不可能出版行世了。其实在颂歌与纯粹的艺术之间寻找结合点，自然会有一些生硬的东西在里边是很难化开的，所以这种暧昧的创作态度造成的后果就是，两方面都认可，又都不认可。

诗友：你能对二十一世纪大陆诗坛的领军人物做一些点评和回顾吗？

陈仓：二十一世纪诗坛的领军人物，我好像不太清楚是谁，更不知道领军人物的标准是什么。不过有几个群体，是很受大家关注的，还是可以说说的。第一个群体就是“归来者”。这个群体大多数在上个世纪，诗歌兴盛的年代已经成名，后来因为各种各样的原因，有的是没有时间写了，有的是不屑于写了，或者改写其他文本去了。现在他们解决了基本的生存问题，或者发现了诗歌对人生的意义，就返回来重新写诗，重续自己的文学梦想。这里边包括几个成功人士，他们不仅抽出大量精力放在诗歌创作上，还提供大量资金建立了许多诗歌平台。还有一些好久不见的实力派诗人，又在各种各样的刊物上隆重登场，所以有评论者正在研究“归来者”现象。第二个群体就是六〇七〇八〇后，这样一个以年龄特性而界定的诗人群落，他们有一大批代表人物创作出了质量很高的、有创新意识的作品。白连春那种对苦难命运的诉说与热爱，徐俊国那种对生命的敬畏与尊重，雷平阳那种把佛学思想与生命意识融于文字的神圣生活。每一个人的作品都有自己独特的艺术追求，都有着深刻的诗意挖掘。第三个群体就是“草根”，其中包括“打工诗人”，他们强调的是民间立场与底层意识，具体有哪些诗人，一时记不起来了，但是有很多。第四个群体就是口语诗歌。包括以沈浩波、伊沙为主的一群口语诗人，不仅仅语言本身有着网络时代的特性，而且诗歌本身都是“活”出来的，而不是“想”出来的，所以以贴近生活见长，有极强的艺术感染力。尤其是沈浩波，他在走出下半身之后的改良是成功的，似乎在口语诗歌与意象诗歌之间，在国际诗歌与汉语诗歌之间，在民间诗歌与官方诗歌之间，找到了一条恰如其分的通道，兼得了口语诗歌的轻盈和意象诗歌的深意。我偏爱地认为，他的诗歌是最接近国际诗歌标准又最具备国际竞争力的。

诗友：现代诗与古典诗是否有可比性？我认为古典诗的文学价值水平高于现代诗，你觉得呢？

陈仓：我对这个没有研究，但是可以谈谈自己的体会。现代诗与古典诗应该是没有可比性的，各自都有自己的优势与缺陷，有些优势与缺陷是技术造成的，有些又是时代与社会造成的。我常常在想，这好像就是西医与中医的差别。古典诗，因为要讲韵律，要顾及平仄，所以就受到形式的限制，但是它有韵律，简洁干净，又利于传唱，更有味道。而现代诗呢？可以不受形式的限制，自由大胆地发挥，但是放得太开太自由，所以有时候就没有了标准——太张扬个性的东西都很难有统一标准。长期没有标准，容易造成评价体系的错乱，就是好坏没有统一认识。你说好，他可以说不好，而且都有一大堆理由。中医与西医就是这样，中医现在发展到这个时期，无论是从诊断、对症、下药，还是后期的效果评判，标准化问题难以解决，造成了中医的没落。而西医呢？头痛医头、脚痛医脚的思想，无法从根本上、整体上来达到医治，所以恐怕副作用很多，有些人得了头痛病，一吃药就好了，有些人得了皮肤病，一涂药就好了，但是药一停复发得更厉害。我们看有些朋友的博客，如果是古典诗的话，就配一些古典美女粉腮黛眉的画像，如果是新诗的话，就配一些现代美女时尚开放的照片。如果要对古典诗与现代诗有一个感受，最直接的办法，让自己的女朋友，穿上两种不同的衣服，比较一下就一目了然了。

不过，不管是古典诗与现代诗，都应该有相互借鉴的方面，这一点有很多诗人，已经做得非常好，最好能做一个穿越者，在两个不同的房间任意行走，来拓宽我们的诗意空间。

诗友：你对当前议论的“羊羔体”和“梨花体”有怎样的见解？我们的写作方向应当向哪里发展？

陈仓：大凡能成体的，就是有自己独一无二的特性，而且这种特性是成功的，被人接受与模仿后是有益的。现在，我偶尔还练练毛笔字，就是照着颜体、柳体等临摹的。在自己学习写诗的时候，也吸收了很多大家的作品，如果现在也照着某某体去写呢？恐怕就不会那么幸运了。前几天我做了一个梦，梦见自己一举成名，在网络上异常火爆，有人依据我原名中的“喜”字，而把我的诗称为“西施体”。大家觉得这样的命名有意义吗?

不管怎么样，在诗歌如此不景气的当下，诗坛能多出几个“绰号”，多出几个“体”，而且在全国叫得响的，说明两位诗人的诗歌，还是有相当的穿透力的，这无疑是一件幸事。

诗友：在我的诗友圈子里，很多人都比较迷茫，都在竭力寻找坚持下去的源泉。可以说说你写诗的动力吗？你如何看待那些校园诗人及他们的诗歌？

陈仓：其实我有时候也很迷茫，但是我用两点说服了自己。第一点，就是别人上班，我也上班，别人吃饭，我也吃饭，别人睡觉，我也睡觉，别人会死，我也会死。但是别人上完班、吃完饭、睡完觉以后，在干什么呢？上完班以后，他们在打游戏或者是泡妞；吃完饭以后，他们在看没完没了的肥皂剧；他们睡完觉以后，就把做的梦全忘记了。但是我们不一样，我们干完这些事情之后，开始干什么？读诗，写诗。最最重要的，他们死了后，只有一把骨灰，一个血脉。我们呢？不但有骨灰，有血脉，还有一些美妙的句子与血脉一起，在向下继续遗传。所以说，我们比别人多了一条命。不管是不是阿Q精神，但是胜利了就行了。

至于校园诗人与校园诗歌，我觉得校园是梦开始的地方，大多数人的梦想是从校园培育出来的。校园是一个与神同在的地方，青春、干净、虔诚、美好，在这里起步，或者是在这里写诗，那将是诸神诞生之地，相信每个字里都会藏着或大或小的神灵。

我就是从学校开始，把自己的梦想定在写作上，如果不是当时开始的，我不可能坚持一路走来，如此累如此苦还不放弃。如果我把自己的梦想放在发财上，也许这一生就不可能写诗了，现在也不可能在这里度过一个充满诗意的“五一”。

诗友：究竟是“先活着再写诗”，还是“即使温饱不能解决也要去流浪着写诗”？哪个说法更有终极指导意义？

陈仓：我觉得要视情况而定。如果你是“出世”的，那无所谓了，在当今没有什么人能饿得死，仅仅要求活着其实是相当简单的。一是空气，二是几把粮草。穿不穿衣服不太重要，因为赤身裸体不会死人。那些越来越暴露的人，不但没有生病，还活得更爽快。如果我们早从这个物欲横流的世界逃走了，把尘世里的任何与活着无关的东西不放在眼里了，而且希望用诗歌来为自己的灵魂打造一对翅膀，永远在天空飞，那我们就可以“去流浪着写诗歌”。如果你是“入世”的，有了空气、粮食之外，还需要满足其他一些东西才能活下去，那还是先解决自己的生存问题，再去考虑诗歌的写作。留得青山在，照样能唱歌。

我有一点建议。之所以那么多的人不写了，解决了生存的基本要求后，再重新写，加上前一阵子，回西安探亲时，看到一位当年名气不小的作家，生活相当困难，简直就是穷困潦倒，他劝我“不要理想主义”，我就觉得，诗人应该好好地活着，然后再去写诗才是对的，一是我们还没有修炼成不食人间烟火的神仙，二是我们少写几首诗对自己看上去挺重要，但是对这个世界能有多少改变呢？哪怕整个世界没有一首诗诞生，大家靠着唐诗宋词也能生活下去。其实好好生活与好好写诗并不矛盾，我看现在能叫得响的古代诗人，许多是官居高位、俸禄优厚、活得滋润的人。当然，这与他们有资本印书也有关系。像我们现在，要么有资源，要么有钱，才能出版诗集，是一个道理。

诗友：如果按年龄层次分类诗作者，譬如六〇后、七〇后、八〇后，你认为七〇后的诗人处于什么样的地位？或者说，应该在一个什么档次？

陈仓：现在有很多的诗歌研究者，喜欢按年龄分类诗作者，这是一种最最简单的方法，科学性到底有多大，我不敢确定。但是既然有人这样分了，也许有一些自己的道理在里边。因为每个年龄层次的人，面对的时代背景与所获得的文学体验不同，所以他们的价值观与人生观也不一样，各有各的特点。比如说，六十年代的诗人，他们经历过“文革”的文化沙漠期，又经历了八十年代的诗歌蜜月期，大多数在那时奠定了自己在文学界里不可动摇的地位，就算几十年过去了，他们的名声还在社会中被广泛知晓。八〇后呢？迎来一个网络时代与意识形态逐渐开放的时代，他们不但可以大胆地写，而且可以在网络上随意地自我发表。但是比起六〇后来说，他们还是不幸的，因为信息的垃圾化与浅阅读，冲淡了人们对艺术浓度的认可。

最可怜的就是七〇后诗人，从他们迷上写诗开始，诗歌就因为时代发展重心的变轨，使他们经历了越来越边缘化的磨难。我上学的时候开始写诗，追求的是梦想与精神享受，但是忽然有一天发现世界变了，有些不对味了，学妹学弟们不再谈精神、谈梦想了，他们谈的是如何发财如何赚钱，我当时就感到前所未有的失落。我最后也被打败了，下水了。在七〇后的诗人中，写得好的人很多，也许在诗歌艺术方面已经超越六〇后了，但是他们永远被排在六〇后的后边，从各种官方的评奖与活动名单中，可以清楚地看到论资排辈的现象。特别是他们的诗歌进入公众的视野无望，被大众所广泛接受遥不可及，我在单位七年，没有一个人知道我是写诗的，这就是七〇后的诗歌悲剧。

我是七〇后，当然要为七〇后叫苦。换成六〇后八〇后，他们可能觉得自己才是最不幸的。每个人都以为自己才是最不幸的，因为每个人都有自己不为人知的苦衷。

诗友：一个没有诗意的国家是很无趣的。在物欲横流、道德加速滑坡、各种坑蒙拐骗层出不穷、水货泛滥成灾的今天，你认为诗歌对于提升人们的道德有没有作用？

陈仓：前几天，我想做一个实验，但是实施不了，因为我的号召力实在太小了，没有人听我的。现在全国上下，都在狂热地追求金钱，可以说，当下是一个信仰金钱的社会，人们无视文学作品的存在，无视作家诗人的人格，甚至鄙视我们、羞辱我们。我们这些作家诗人，花费大量的时间、精力、心血，制造出大量的精神产品，无偿地提供给社会，甚至是赔钱提供给社会，就是这样也不被社会尊重，这难道是我们作家诗人的悲哀吗？不是的，是社会的悲哀。所以，我提议，所有的中国作家、诗人，包括翻译家和出版社，三年内不写一个字，不向社会提供一个字。反正也没有多少人看，反正国家也不重视，反正大家只要有钱花有酒喝有妞泡，精神就满足了，那就让所有的文学作品从中国人民的生活中彻底消失三年，我们与三年困难时期比一下，看看哪一个让人们更饥饿。

我有一个作品，说文学是灵魂的加油器，而诗歌则是灵魂的起飞器。一个没有诗歌的民族，不仅无趣，没有深度，没有闪光点，而且就是一个木乃伊，毫无生命力。一个不读诗歌的民族，那就是一个俗不可耐的民族。前一段时间，与白桦老前辈一起出游，随行的一位艺术家说了一个艺术观点：一个唱歌的，一辈子没有唱过一个歌剧，那就不叫歌唱家。

至于诗歌在矫正扭曲的社会风气方面的作用，如今真是微不足道的，像一颗巨大的流星，忽然从天上掉下来，穿过红尘滚滚的时候就被磨光了，等它落在地上的时候大多数连尸体也没有了。可想而知，诗歌在当今社会中的无奈角色。但是有一点可以自慰：无论社会怎么乱、怎么怪，骗子有多横行，人心有多险恶，但是相比较而言，诗坛是最干净的，真正的诗人当中，是没有骗子的。如果有骗子，那肯定不是真正的诗人。诗心永远是向善的，长期的诗歌创作与阅读，让我们抵制住了俗世的引诱，主动清洗身心上的尘土。现在的骗子是很难分辨的，但是有一个标签，那就是写不写诗，如果是纯粹的写诗的人，那肯定是有良知的人，是这个世界上最后的圣人。

诗友：你看好通过网络功成名就的诗作者吗？纸刊是不是不行了？二者之间谁更有魅力？谁能笑到最后？

陈仓：通过任何形式成名成家，都是一件了不起的事情。在网络上写诗的作者，要成名更难一点，因为这里自由度更大，非诗的成分更多，群体更活跃更庞大，要想脱颖而出，那简直太难了。我有一个爱好，就是捡石头，每到一个新地方，我都会捡一块石头回家做纪念。在小河边捡一块很容易，但是到海边想捡一块就很难，得顺着悬崖爬下去，爬到无人能至的地方。到大沙漠想捡一块那就更难了，我去过甘肃的雅丹，找了大半天，在茫茫沙海中几乎迷失了，才找到鸡蛋那么大一块，不过那一块石头很稀奇，形状是一个黑色的火炬，像是从外星球掉下来的。这就是网络诗人，现在毕竟是一个网络社会。

至于纸刊，有人说未来的社会，会从人们的生活中消失，未来不知道是多少年，如果是一万年的话，那是肯定的，因为那个时候，说不定人类现有的形态也消失了，得从头再来轮回。如果是几十年的话，那肯定是瞎说。毛笔消失了吗？钢笔消失了吗？这不是找女人，可以喜新厌旧。昨天与人探讨过网络社会里，平面媒体怎么办的问题，我的观念是，在信息泛滥的时代，纸刊能够起到两个作用，一是替民众进行信息整合，二是进行信息的深刻挖掘。越是在网络社会，我觉得纸刊的优越性越得到了体现，因为网络是一个没有门槛的发表平台，所以网络上的作品就没有经过专家的鉴别与认定，这样就失去了公信力，而且在网络上成名的作品，有时候有着太多诗外的动力存在。我们看看当下，哪些经典的作品是在网上形成的呢？在未来的社会里，纸刊仍然是诗人们最为看重的舞台，而网络却是诗人们交流与沟通的渠道，两个方面将会有着各自的相互补充的分工。如果有一天纸刊真的消失了，我估计消失的也仅仅是纸，而内在的东西还是一样的，像我们穿着的衣服一样，款式一直在变，从汉服到唐装，从中山装到西服，人种是不变的，人心是不变的。

诗友：你最喜欢的诗人或者诗歌有哪些？包括已死的和外国的，能说出靠前的十位吗？

陈仓：我有自己最喜欢的诗人，而且不止十位，但是我不敢说，说一批就得罪了另一批。诗人需要艺术自信，一自信就容易自负，一自负就成了小心眼。无论是什么样的诗人写出来的作品，我都会认真阅读，我不但读那些自己买来的大家的作品，而且读网络博客上的作品，还有一些人寄赠的作品和民间的小册子。我觉得有时候是享受欣赏的乐趣，有时候则是一个学习的乐趣，读每一个诗人的诗，我都会问三个问题：一是他为什么这样写？二是自己能写得这么好吗？三是如果是我写，那是什么样子？

不过，我最喜欢女诗人，因为我是男人嘛。这一句，千万不要让我家堂客看到啊。

诗友：在写作时，因为诗感、内蕴、意象的选择上，有没有可能破坏语言固有的秩序或逻辑关系？如果有，该用怎样的手法来处理？在诗歌表达上如果纳入了自己独特的异质经验，读者已有的成熟的参照系有没有被瓦解的危险？

陈仓：你让我有点不安了。我是一个俗人、粗人、土人，这是一个叫陌桑的朋友说的，在他的评论《陈仓：一个诗人的尴尬》里，你能看得出来的。不过，这是为了强调某些东西。我也叫他老男人，因为他最有意思的是名字。他叫叶松丽，谁看了都以为是个女人，这也就算了，偏偏娶了个漂亮老婆，名字却叫范晓忠，结婚的时候司仪都说了：新郎范晓忠，新娘叶松丽。我喊他“老男人”，就是想强调一下这个人的性别绝对是个男的。

你的问题很专业，我审了五分钟的题，比高考时审题的时间还要长，我怕自己理解错了。其实，我们创作过程中，为了更有诗感、更有内蕴，有时候我们在表达手法上出其不意，在意象嫁接上尽量形成反差。我学过果树的嫁接，开始在苹果树上嫁接苹果树，后来觉得不过瘾，就在苹果树上嫁接梨树，甚至嫁接葡萄。以寻求意象之间的想象空间，也就是我们所说的张力。至于这样做，是否破坏语言固有的秩序或逻辑关系，这要看情况，还是拿果树嫁接来打比方，如果是违背事物之间规律的，强行地违背科学地嫁接，不仅仅是破坏，应该是伤害。我在苹果树上嫁接的梨树，活了，在苹果树上嫁接的葡萄，很自然，死了，因为它们都是植物，但是葡萄是落叶藤本植物，而苹果是蔷薇科草本植物，由于科目不同，生命肌理不同，彼此结合，只能是伤害致死。我前边说起过，在一首诗里，因为虚实的需要，以及内蕴的营造上，可能需要很多不同的意象，在意象的选择上，如果彼此吻合，符合自然规律，那对诗感与内蕴是有巨大作用的。最原始的，就是选择太阳比喻希望，选择月亮比喻思念，选择雪花比喻纯洁。这些被用滥了的意象是需要突破的，需要赋予它们新的内涵。我在一首诗里这样写过：“谁能告诉我，这飞流直下的阳光，是不是眼泪。”这也是符合事物规律的，因为流泪与阳光都是流体，都是自上而下的。也不是说，葡萄绝对不能嫁接到苹果树上，这要看我们的目的是什么，在诗歌里叫主题是什么，如果我们的目标本来就不是想让葡萄活过来，做一棵葡萄树，收获葡萄来酿造美酒，而是为了行为艺术的需要，那也是可以的。

这里还要提到的是，有异质经验的纳入问题。我认为作者在诗中纳入自己对生命、对事物的独特体验，这是常有的一种方式，也是自己诗歌作品个性化塑造的渠道。但是如果你没有一个与之匹配的表达方法，那么你的个性体验，很有可能就违背了读者的阅读立场和已经形成的美的参照系。这样的作品应该是不成功的，不被认同的，引不起共鸣的。我们有时候自己认为不错的一首诗，却被别人忽视了，我们会说别人不懂，或者抱怨别人的生活体验有限，无法体会我们都写了些什么。有点“商女不知亡国恨，隔江犹唱后庭花”的意思，人家歌女，饭都没的吃了，哪有心思去管国家呢？杜牧先生，你说是不是？

诗友：我从不认为那些晦涩难懂的诗是什么好诗，你说是不是呢？你认为什么样的诗是最受欢迎的诗？

陈仓：我非常赞同你的看法。你坚持自己的这种价值观来写作，是对的，会有不错的收成的。做一个简单而不凡的人难，写出简单而深刻的作品也难。写文章与平时跟人吵架一样，能够用最少的字、最省心的词、最通俗的意思，表达出让人回味无穷的意思，直入读者的心灵深处，那就是上乘之作了。在我们乡下，经常能看到吵架的场面，多数时候是比骂人的速度，比音量的高度，比用词的低俗度。有时候也比辈分，恨不得当人家的始祖，或者是人类的始祖——猴子。这种吵架的技术，是没有杀伤力的。用一种方式出场，所有人就被打败了，那就是泼妇，她站到对手面前，往起一跳，然后拍打一下自己的屁股，跳一次拍一次。一个字没有，却让人甘拜下风！我这人俗，比喻不当，但是好像与写诗是一个理儿。

晦涩难懂的诗，肯定不是好诗，但也是一种风格，一种自己的风格。也许就有那些爱钻研、爱琢磨的人喜欢。多数人喜欢一二三四五，这是为了数钱，少数人喜欢奥数，这是为了开发智商。大家想法不一样。

什么是最受欢迎的诗？这个很难说，读者的口味不同，对诗的喜欢程度也不同。就我个人而言，写给我媳妇的诗，是最受欢迎的诗，因看到我的诗，让媳妇爱，让情敌恨，这才是最好的。不过，我们需要警惕，最受欢迎的往往不是最长久的，往往不是什么好事情，对诗歌尤其如此。

诗友：或许是年龄和个性的使然，我喜欢写童话诗，可有的老师却说这样的诗写多了就会让人觉得浅薄，你觉得如何呢?

陈仓：你喜欢写童话诗，那你的裁判就是儿童，你的老师应该不是儿童了，所以不应该由他来评论，说童话诗浅显，本身就有点浅显（“浅薄”一词应该是你老师的口误，我想还是用浅显比较好），童话诗与童话作品一样，写得好照样可以成为伟大的作品，就和医生看病一样，最难诊断的，就是儿童，因为你不知道他怎么想，也不知道他哪里痛，任何文学创作，都存在一个对受众心理的把握问题。没有人不知道格林童话，不是因为它浅显吧？童话世界应该比现实世界更加神秘、广阔、自由才对。现实世界有南极北极，有花草树木，有人，彼此是隔离的。而童话世界呢？是无边的，是无形的，是相通的，树可以说人话，人可以开花，所以人们才喜欢到童话世界里去畅游。从文学类别上来讲，目前这方面还比较弱，写童话诗可能更有进取的空间。从你的名字分析，你本身就是一个天真的童话，写起童话诗来也许更加得心应手。

诗友：现在好多人都在写古体诗，有人说写古体诗没什么意思，你写得再好也未必能超过古人，请问写古体诗与年龄有关吗?

陈仓：写古体诗的人，我看他们的真实目的，不一定是想超过古人吧？喜欢爬山的人，不见得一定要从珠穆朗玛峰上翻过去。当然能够超过古人，那也是一件不错的事情。至于古诗与年龄的关系，就跟如今美女穿衣服，她们爱穿旗袍还是穿裙子，恐怕跟场合有关系，也与自己的心情有关系，有时候不停地换一换风格，也可以表现出自己不同的美妙，而且还可以在对比中，更加了解自我，以后再穿衣服的时候，恐怕会更得体了。你平时穿过旗袍吗？也许可以试试看。

诗友：我的朋友说我很有个性，我个人觉得写诗也是一样的，只有写出自己的风格和个性，才能进一步开阔思路，你认为是这样吗？

陈仓：个性，就是特色。你看看导演挑演员，要么是眼睛小得让人心碎的，要么是眼皮单得让人心慌的，要么是黑得可以点灯的，要么是白得可以写字的，要么是胖得能够养猪的。这就是特点，突出的特点，才富有表现力。开餐馆也一样，有川菜，有湘菜，有扬州菜，等等，都是特点，如果什么特点都没有，就没有生命力。不过，人的长相是爹妈给的，但是文学创作，要想找自己的个性特色，那将有一个十分漫长的道路要走，有一天当多数人一看到你的文字，不用看名字，就知道是谁谁谁写的了，那时候或者就是你功成名就的时候了。

诗友：对所谓的垃圾诗歌你是怎样看的？如语言粗鲁、含有黄色意味等。似乎这样的诗也有一定的力度。

陈仓：垃圾也是一种存在的状态，而且这种存在多半是衍生品。我们吃进去美食，就会产生垃圾；玫瑰开放是美丽，凋零就是垃圾。而且垃圾，是有针对性的，我在一篇序言里说过，世上没有什么地方不是风景，一朵花是蜜蜂的风景，一堆垃圾恐怕就是苍蝇的风景。生活在复杂多样的世界当中，如果我们忘记自己是主宰者，把自己放在万物的轮回之中，那么垃圾与风景也是可以轮回的，今天的风景就是明天的垃圾，明天的垃圾又可以转化为后天的风景。垃圾与道德有时候有一点类似，如果我散发出来的腐烂的气息，影响了别人，让别人恶心了，我就是垃圾。如果我所做的事情无论多么离经叛道，没有影响到别人，那就是自残，就不是道德问题。如果这个观点成立，垃圾诗歌仅仅像日记一样不公开，是写给自己看的，是写着自己玩的，对公众而言就不算垃圾。如果作为一种公共的精神产品，那肯定就是垃圾，需要扫地出门的。

不管怎么说，诗歌艺术，最根本的就是美。不美，那就不能称为艺术。虽然它也有一定的力度，有力度的东西很多，我们为什么要写垃圾呢？还不如直接去做铁匠，打一把刀子算了，多么痛快的一件事情。

诗友：对诗歌点评你是怎么看的？点评好像存在刻意的人为，而且点评似乎违背作者的本意。

陈仓：好的点评有时候真的可以起到理解诗歌的作用，你是医生，应该相信解剖学的原理吧？点评与解剖应该是一个意思。但是现在，确实有很多点评，是没事找事，没话找话，有些作者根本没有想到的，也没有表达的，诗里根本没有的，都被点评出来了。因为什么？因为点评的人，要以此体现自己的水平，而不是作品本身的水平。也有一些点评，是冲着作者去的，是拍马屁去的，而不是拍诗眼去的。让你反感的，是不是后边这两种类型呢？

诗友：诗歌到底是给什么人看的，难道是给广大普通人看的吗？

陈仓：我觉得是给一些有修行的人看的，有梦想的人看的。所以看诗的人，无论是在古代，还是在当下，都是有修炼的人，或者是一些有梦想的学生。我也经常读诗，当然我不是有品位的人，而是一个有梦想的学生而已。

诗友：能谈谈你对海子的评价吗？他在当今的诗坛上处于一个怎样的位子？

陈仓：曾经有位在诗歌创作上很有成就的人问我："海子的诗好在哪里？"他特别对《面朝大海，春暖花开》有许多微词，我只能说他不懂。"从明天起，做一个幸福的人／喂马、劈柴，周游世界／从明天起，关心粮食和蔬菜／我有一所房子，面朝大海，春暖花开／／从明天起，和每一个亲人通信 ／告诉他们我的幸福／那幸福的闪电告诉我的／我将告诉每一个人／／给每一条河每一座山取一个温暖的名字／陌生人，我也为你祝福／愿你有一个灿烂的前程／愿你有情人终成眷属／愿你在尘世获得幸福／我只愿面朝大海，春暖花开"。

写这首诗的时候，海子还在人间，但是从这首诗里，我分明看到作者已经不在尘世，而在天堂，或者在比天堂更高的地方注视着人间。喂马，劈柴，粮食，蔬菜，这些生命中司空见惯的东西，也是被人们忽视最久的东西，却被海子一一视为珍宝；他要把"那幸福的闪电告诉我的／我将告诉每一个人"，要"给每一条河每一座山取一个温暖的名字"，他的气度是如此非凡；他对"陌生人，我也为你祝福"，与其说是祝福，不如说是护佑。整首诗里的真诚、温暖、超脱和热爱，是那么干净，是那么无私，是那么博大。在世俗的当下，在功利的当下，在偏见的当下，在浮躁的当下，这种声音恐怕从神的嘴里也听不到了。这样的诗人应该就是诗神，是值得我们磕头的。

海子是一个用生命来写诗的人。他的诗与生命融为一体，让你很难说，哪个是海子的文字，哪个是海子的生命。所以说，在他活着的时候，他的诗是不被认可的，在他死了之后，才能如此被广泛接受。在文学方面，因为死亡而火起来的人很多，但是有些是一阵子，是回光返照，是人们对死者的一种追悼，但是海子不同，他死了就真的死了，他的作品却永远地富有生命力。这是一种转世投胎，有的人投胎变成了人，有的人变成了草，而海子变成了文字。

诗友：我很喜欢荣荣的作品，她的诗歌里有很多关于医学方面的专业用语。我是学医的，请问你对专业术语在写作中的应用是如何看待的？

陈仓：我曾经在医院里住过，半夜三更，病人的呻吟此起彼伏，还有尖叫哀求，而且有人从这里通向了天国，再加上半夜三更那种模糊的气氛，让人分不清自己处在三界中的哪一界，处在轮回中的哪一回，也不知道自己是在结束还是在开始。

我每次看到各种各样的药物心情都十分复杂，也有许多的敬畏，我不知道它们是怎么进入人体与那些疾病进行搏杀的，更不知道生命中的每一个破绽都是怎么形成的又是怎么被遮掩过去的。在艺术方面，我认为，医院的那种状态就是写作的最佳状态，而医学方面的词语，包括手术的名字、各种病的名字，尤其是药物的名字、使用方法、药理作用，最能真实地表达生命的意识，所以它们本身就是诗句。人们讲到鲁迅弃医从文的时候，大多数是替鲁迅庆幸，认为这是一种放弃。但是我认为这是错误的，我们试着想一想，如果鲁迅不是学医的，直接是学中文的或者是别的什么专业，他能写出那么多直入灵魂深处的文字吗？而且这些富有杀伤力的文字，不是恶人的屠刀，而是善人的手术刀，从这一点来解释，他的文学方面的成就，是得益于学医的。对于荣荣能够在诗里运用一些医学方面的用语，我是很敬佩的，也是很羡慕的。我真想学习，可惜我没有她那么难得的艺术体验，也没有那么精湛的诗艺。我不知道在什么时候放上什么句子，因为一知半解地引用医学名词不当的话，和医生开错了方子恐怕一样，不但不能有益于诗，而且还会破坏诗。所以，任何专业名词的利用，都是要建立在诗意营造的需要上，有意地植入。

诗友：请你对我目前了解的诗人进行点评，如北岛、舒婷、王小妮、食指、顾城、荣荣、大卫、雷平阳以及老一辈的徐志摩等人，还有外国的惠特曼、茨维塔耶娃、里尔克等人。

陈仓：看到这么大串的名字，能看出你读了很多诗，是一个优秀的读者，已经做过成熟的比较。你让我点评这些诗人，我觉得这是你给我拉的让我学习的读书目录。说实在的，这些诗人里边，全都是我喜欢的，有的喜欢多一点，有的喜欢少一点。我认为，这些诗人各自处于不同阶段，有些诗人出道早一点，他们已经在诗歌的长河里，得到了时间的筛选与淘汰。但是有一些年轻诗人，他们恐怕刚刚成名，刚刚形成自己的风格与艺术视野，现在觉得蛮好的，但是还得经过一段时间的沉淀，我们才能确定，他们是不是伟大的诗人，他们哪些作品是伟大的作品。我有这样的经历，今天写的诗，非常满意，再过几个月，等到自己创作出又一组作品的时候，我们又发现原来的作品不怎么样了。在你的这组名单中，恐怕就有处在不断否定自己的过程中不断进步的诗人。这说明什么？说明他们还没有成熟，也可以说是还没有找到自己一贯的艺术目标。

诗友：如今社会飞速发展，有一些象征体系会不会被打破？

陈仓：我觉得你问的这个问题非常有意义，而我知识面与经验不足，恐怕回答不好。我们现在的很多诗歌，在意象的运用上，还是老一套，讲求原有的那些诗意象征，总认为只有风花雪月才有意思，比如钢铁、水泥、机器，就没有意思。我们现在用得最多的是手机与网络，它们属于生活工具，但是我们的诗人在一首诗里，如果运用锄头、镰刀等农耕时代的意象的时候，觉得很有意思、很美，而放入手机、ＱＱ等词的时候，认为没有意思，或者是太实，没有象征意味，这应该是固有的审美惯性。如何打破这种惯性，直接关系到我们的诗意离生活的远近，现在有几个人知道镰刀与锄头的诗意生活呢？前一阵子，我也试着写过一首手机的诗，自认为很好，不读诗的人也觉得很好，但是却得不到诗歌同仁的认同。在这里，诗人对事物的体验也一样，存在着一个反差，我们写的或者是我们表达的，不见得是多数人能够体验得到的生活。我们常常说无病呻吟、脱离现实，就是因为诗歌的创作与审美，还无法与发展的生活进行对接。

诗友：你喜欢哪一类风格的诗歌？对于不喜欢的风格会尝试着去接纳吗？

陈仓：我喜欢用干净的句子、简单的意象、唯美的意境，表达出有思想内涵的诗歌。这样的诗，读起来轻松，让人回味的多。就像是病人的饮食一样，最好是鸡汤或者是流食，富于营养又易于消化吸收。但是也不排除，换换其他的口味，有时候看着清纯的淑女，你觉得比较舒服，有时候看着丰腴性感的熟女，你觉得比较得劲，就是这个道理。人在不同的时候诉求也不一样。但是有一点，太空洞的、很妖艳的、太泼太脏的，无论如何是提不起我的兴趣的。男人对待女人的态度，有时候就是对待诗歌的态度。我写一些简洁的诗，也写博大精深的诗，还写宏大冗长的诗。而且前一段时间，我还写红诗，不过我的红诗还是比较软的。我也是这样读诗的，我一直把自己放在一个学生的位置，去面对诗歌，所以无论是什么类型的诗歌，都会认真去读，从中吸收别人的长处，获得自己不同的需求。这是一种创作学习，也是一种生活学习，希望从中能够得到心灵的安静与生活的思考。

诗友：在追求宏大的过程里，小我的命运是不是就可以抛弃？诗歌一定要迎合大众口味才有前景吗？在迎合的过程中，诗人的个性会不会丧失？

陈仓：关于宏大的与小我的，无论创作或者阅读什么样的诗歌，都是一个人的综合反映，如果没有自我的真实内心，没有小我的命运积累，就不可能写出宏大的作品来。如一部长篇小说，没有无数个小故事串连在一起，就不可能有鸿篇巨制。在一个人的艺术追求中，无论是什么情况，如果能够尝试着创作一点宏大作品，这是一种非常难得的体验，会从中领悟一些我们平时难以领悟的东西。

诗歌是一种贵族文学，有着十分高贵的气质与涵养。我举一个例子，如果有一个人，在与人们交往的过程中，她有意地去奉迎人，甚至有意地去模仿人，就像效颦的东施，她还能是贵族吗？她还具有贵族精神吗？诗歌就是这样的，一首优秀的作品应该有自己的独立精神与个性特点。有意地迎合大众的口味，只能是自降身价，终将被大众遗忘。你看看那些流行的东西，有几个能够流行到底呢？迎合的本质，就是与时间面对面地搏杀，而不是回避时间的刀刃，这样的艺术自然将被时间抹杀。从这个态度看，诗人一时的功利不是成功，我们或许要看得远一点，甚至要看到身后，看到下一个轮回。照到脸上的阳光不是阳光，只有照到墓碑上的那才是真正的光明。

诗友：有人说诗贵暗示，忌直白。你对这句话怎样理解？

陈仓：这个问题比较难，我个人的感觉是，不管是暗示，还是直白，关键要看语言之外的东西。我们都去登过黄山，一会儿是阳光明媚，山上的风景清楚可览，一会儿风云突变，山上的风景若隐若现。有的人恐怕喜欢明媚，有的人恐怕喜欢朦胧。喜欢明媚的人看山，喜欢朦胧的人看雾。有些人的诗，其长处是虚化的，有些人的诗，其长处是直接的。只要能够表达出一种意味，让人读后有所思、有所动、有所悟，那就足够了。近几日，伊沙先生在微博上开的“新世纪诗典”，那里的部分诗是直白的，也可以说是通俗易懂的，却表现出了诗外的意味，在诗外留下了无限的空间。可以说是他的审美眼光，也是他的价值追求，希望用口语打破进入大众视野的困境。我的想法是，解决诗歌进入公众视野，比其他方面的考量更重要。你如果细读，每一首诗歌经典都是虚虚实实的，直白中夹着暗示，暗示中又有着直白，直白而不空洞无聊，暗示又不艰涩难懂。我认为，一首好诗，是很难把这两种手法隔离开来的，而是相互融合贯通的。就像黄山之景，如果光有明媚，或者光有云雾，怕就无法成为名山了吧？

诗友：诗歌和宗教在气场上有没有先天的某种共同的神谕或取向？诗歌和宗教是否可以在同一个层面上治愈人类的精神痼疾？诗歌是否能够创建与宗教等同的一种精神理想？

陈仓：从前几年开始，在我写诗的时候，我慢慢感觉到自己身边，有股力量在升腾，它左右着我们，让我们进入到一种境界，这种境界似乎是梦，又似乎是参禅打坐。这恐怕就是你所说的气场吧。如果说有气场的话，诗歌与宗教是最有共同点的、最容易交叉在一起的气场。因为它们都有着共同的特性，比如灵魂，比如穿越，比如虔诚，等等。凡是能够描写宗教的词，放在诗歌上，也是十分贴切的。所以说，在宗教的仪式里，就有唱诗班，在诗歌的领域里，则有“诗与经”。我认识好多的诗人，他们开始是没有进入宗教的，但是后来开始信教了，而且一边写诗一边信教，用诗歌来提高自己的道行，又以信仰来反哺诗歌。

诗歌与宗教在精神理想方面，无法等同。我个人认为，这是因为诗歌这种宗教，是个体化的，是出于生命的本能反应，而宗教这种诗歌，是一种群体化的，是对于生命的另类解构。我说不好，我个人认为，诗歌是入世的，是解决生命以何种状态存在的问题，而宗教是出世的，是解决灵魂以何种方式延续的问题。

诗友：从山区的寂寥到都市的繁华，那些山区生活给你在后来的写作中带来过什么？寂寥是不是和繁华一样，是不同境界里的一种共同的享受？

陈仓：赵丽宏在给我的诗集作序的时候，他起了一个标题，叫《眼光在都市，头脑在山林》，我认为他一下子把我的精神状态写出来了。我从中国最最偏远的山村，来到中国最最发达的城市，这之间的反差是十分强烈的，我有一首诗叫《落差》，说父亲住在长江源头，我则住在长江之尾，父亲是羊，而我是肉，父亲是麦子，而我是面粉。这就是生命状态的反差。还有，中国有很多优秀的乡土诗，也有很多优秀的城市诗，但我的许多诗是在城市与乡土间游走，不仅仅是思乡那么简单，比如我小时候挖过柴胡，现在要喝柴胡冲剂，我在农村种过麦子，在城市天天喜欢吃面条，这是灵魂旅游者的一种痛苦挣扎。我相信，没有这种生活经历，也许写不出那种痛苦。因为有了这样的反差，使得我对任何事物，也许比别人敏感。我觉得，我的诗歌与小说，是得益于这种生活经历的。

寂寥和繁华，对我而言，不会因为地理的变迁而改变。我在农村的时候，种地、挖药、放牛、砍柴，还学习木匠，我的小说《戴上你的红围巾》，有做椅子的镜头，那是我自己的生活写照。我会做椅子，在姐姐出嫁的时候，我就做了一对椅子给她做嫁妆；而且我会骑牛，会驯羊，会犁地。那时候，我觉得一点一滴都是一种享受。而现在，我上班，写诗，读书，旅游，会友，喜欢收集石头，喜欢半夜三更翻墙进入动物园，喜欢到破旧的老巷子里闲转，喜欢在花盆里种土豆、葡萄、向日葵，喜欢独自一个人去看电影，喜欢到大街上看各种各样的陌生人。我认为，这也是一种享受。有人说大隐隐于市，我则觉得，至静应该在闹市。在繁华都市里，能做到安静、无欲、至纯，这才是真正的享受。我享受着自己生命的一点点消失。

还有一点，我是一个有故乡的人，有故乡就意味着看到月亮你会思念，过年过节你会想着遥远的那块地方，还会因为下雪了刮风了，充满着许许多多的牵挂。这一点让我十分满足。因为有很多人，生于斯，死于斯，没有落差，没有奔波，他们有一个家，严格意义上却没有故乡，有一种感情是缺位的。故乡是什么？故乡是一个祭坛。回家是什么？是一种祭奠的方式，类似于我们去普陀山烧香。通往仙地的路，是多么神圣而美好，我就是一直在这条路上奔走的信徒。

诗友：读你的诗与读非马的诗感觉差不多，写法有相同之处。能读出情感的波动和思想的贯通。但总感觉缺点什么，可能是缺点浪漫手法吧？现在的诗歌让人很困惑，是人们的理解出问题了还是诗本身出问题了？

陈仓：你可谓酒后吐真言，我看你虽喝酒，却更加睿智了。你拿我与非马比，这一点我有些惭愧，因为非马是前辈，无论从名气、从诗艺，还是从修养方面，他在天上，我在地下。版主联系我，要我交出自己十首诗的时候，我有一点私心，现在只好招认了。你看到的前边的十二首诗，应该不是我现在的状态，这里的多数作品是我十年前写的。之所以交出这些作业，主要考虑的是，在这里交流的，多数是网络诗人。我浅显地认为，网络诗歌的最大特点，就是通俗易懂，有时候有点前卫。所以我交出的这些作业，尽量选择比较通俗的作品，甚至有几首就是小小的哲理诗。我认为，网络中有许多伟大的诗歌，面对如此的背景，我一直是自卑的。之所以没有太多的人指责我，可能没有喝酒，也可能是大家尊重我一把年纪的原因吧。至于浪漫主义，我的知识面不高，一直无法领悟出准确的定位，是不是在意象上追求风花雪月、在词语上追求绚丽多彩、在情感与理想上追求唯美的那种？这方面的诗，我都有，只是写不好的话，可能看上去很美，但容易落入小我的范畴。其实，如果能够把浪漫主义与现实主义融会贯通的话，将是一件非常有意义的事情。我目前的体会是，如果能够把现实主义，放在自然的唯美的浪漫主义的大背景与语言环境里，进行审视的话，那将是一种不错的平衡。

这几年，各种不同价值取向的诗歌，我都有不同程度地参与。之所以我什么类型的诗歌都写，原因有三：一是被迫。第一类现实主义，是没有办法，要寻求现实的支持。二是尝试。我希望自己尝试各种各样的写作风格，也希望在各种各样的写作尝试中获得收益，得到自身素质的整体提高。三是认为好的作品，应该被任何人接受。其实，每一首诗都应该有其特殊的、最合适的表达方式，这可能不是外在条件决定的，而是由艺术本身决定的。你写爱情诗，这是浪漫的事情，就应该用浪漫主义的表达方式；你反映当下的社会，就应该是现实主义的表达方式。更主要的原因是，如果一首作品确实是上乘的，我相信是可以最大限度地引起更多读者的共鸣与认可的。

你对诗歌现状的不满，有种恨铁不成钢的意思。其实目前的诗人对诗歌现状都是不满的，哪怕就是那些当红的诗人也是一样，如今的诗歌已经没有光环，只有煎熬。这说明，诗人们还是有追求的，诗歌还是纯洁的。诗歌的现状是对是错，也有不同的说法，有人说是诗歌艺术的回归，那种全民写诗的年代是不正常的；有人说三十年河东河西，诗歌艺术处于卧薪尝胆的时期，再过十年八年就有可能复兴了。不管是什么说法，我觉得这是大环境的事情，与我们这些个体关系不太大。在任何时候，只要自己从写诗与读诗中享受到快乐，那就足够了，别人不读不写，那是他们的损失，起码是他们的问题。就像我们找了一个老婆，别人说三道四，对她不冷不热，有什么用呢？因为老婆是一种个性化的体验，其他任何人都无法体会到她的好和坏。当然，红杏出墙除外。

至于，你提到的，如今是诗歌的问题，还是社会的问题，我认为谁的问题都没有。我想来讲讲辩证法：诗歌是对立统一的，诗歌是永恒发展的，诗歌是否定之否定的。让我们回到唐朝，如果唐朝有电视电影看，有卡拉 OK 唱，有网络游戏玩，就是有十个李白杜甫，那有用吗？人们还会读诗吗？杨玉环还会唱诗吗？唐明皇还会以诗取悦女人吗？恐怕统统都是白费吧？我感觉时代不一样了，所以对艺术的要求也会不一样的。也许有人会问，那电视、电影、网络如今看上去越来越火爆了，是不是诗歌就永远没有出头之日了？那也不是，最后能够逃过时间袭劫的，能够承担灵魂之重的，恐怕只有诗歌了。另外，在只要钱不要命，甚至不要灵魂的潮流中，别说诗歌，其他的传统艺术同样在被冷落，在被羞辱。等到人们酒足饭饱了，物质得到了极大的满足，肯定回过头来关注自己的精神需求。

听朋友说，在韩国一本诗集可以销售几十万册，在俄罗斯，家长每天晚上都会念着诗歌哄小孩子入睡。这是多么让人羡慕的精神盛宴啊。

我感觉离这样的时代不会太远了。

二〇一一年五月十八日
在某诗歌网站与网友交流
此文根据交流的内容整理

图书在版编目（CIP）数据

醒神 / 陈仓著． -- 北京：作家出版社，2017．12
ISBN 978-7-5063-9793-3

Ⅰ．①醒… Ⅱ．①陈… Ⅲ．①诗集 - 中国 - 当代 Ⅳ．①I227

中国版本图书馆CIP数据核字（2017）第297159号

醒 神

作　　者：陈　仓
策　　划：杨海蒂
责任编辑：罗静文　杨新月
装帧设计：意匠文化·丁奔亮
书名翻译：张廷佺
插图漫画：徐俊国
出版发行：作家出版社
社　　址：北京农展馆南里10号　　**邮　　编：**100125
电话传真：86-10-65930756（出版发行部）
86-10-65004079（总编室）
86-10-65015116（邮购部）
E-mail:zuojia@zuojia.net.cn
http://www.haozuojia.com（作家在线）
印　　刷：河北画中画印刷科技有限公司
成品尺寸：152×230
字　　数：150千
印　　张：16.5
版　　次：2017年12月第1版
印　　次：2017年12月第1次印刷
ISBN 978-7-5063-9793-3
定　　价：56.00元（精）

官方微信

图书主页

上架建议：诗歌

ISBN 978-7-5063-9793-3

9 787506 397933 >

定价：56.00 元